春日站牌

吴忠全 著

江苏凤凰文艺出版社

图书在版编目（CIP）数据

春日站牌 / 吴忠全著 . — 南京：江苏凤凰文艺出版社，2022.2（2023.3 重印）
ISBN 978-7-5594-6104-9

Ⅰ．①春… Ⅱ．①吴… Ⅲ．①散文集 – 中国 – 当代 Ⅳ．① I267

中国版本图书馆 CIP 数据核字 (2021) 第 239119 号

春日站牌

吴忠全　著

出 版 人	张在健
责任编辑	姜业雨
封面插画	张　伟
装帧设计	薛顾璨
责任印制	刘　巍
出版发行	江苏凤凰文艺出版社
	南京市中央路 165 号，邮编：210009
网　　址	http://www.jswenyi.com
印　　刷	苏州市越洋印刷有限公司
开　　本	880 毫米 ×1230 毫米 1/32
印　　张	8.375
字　　数	150 千字
版　　次	2022 年 2 月第 1 版
印　　次	2023 年 3 月第 3 次印刷
书　　号	ISBN 978‐7‐5594‐6104‐9
定　　价	59.00 元

江苏凤凰文艺版图书凡印刷、装订错误，可向出版社调换，联系电话 025‐83280257

目 录

Chapter 1　旧　日

- *002*　葬礼回来看看大海
- *012*　关于吴先生和陈小姐的一次对话
- *020*　虽有神仙，不如少年
- *026*　夏日已老
- *040*　岁月你别催
- *051*　留一片孤独卧心底
- *059*　不再让我孤单
- *071*　第二人生
- *079*　深深地晚安
- *086*　少年你可曾知道
- *092*　积雨云
- *102*　凉风有信

Chapter 2　他　方

- *110*　热带往事
- *126*　鞭炮里的春天
- *148*　生活里的若有似无
- *168*　人生无大事
- *179*　我从遥远的地方来看你
- *195*　阳光普照
- *211*　我们终会相遇
- *223*　这里的一切与海无关
- *236*　冬镇
- *247*　西瓜味的月亮
- *254*　我点燃那把艾草

Epilogue 　　后　记

258　　　And The Winner Is

Chapter *1*

旧日

葬礼回来看看大海

　　失眠这件事，近一年缓解了很多，可能是因为忙，心里装不下那些关于情绪和思索的闲事。也可能是年纪逐渐增长，对事物的敏感度下降了，对焦灼的情绪有了更多抵抗的能力，感觉头脑中那些焦躁的因子，都渐渐地安分了。

　　特别是在乘坐飞机时，更容易快速地入睡，只要坐进机舱里，系好安全带，眼睛就不受控制地要合上。有段时间飞机经常晚点起飞，我就不怀好意地怀疑，这困倦是不是航空公司的某种计谋，为了安抚乘客焦躁的情绪，从而通过空调口向乘客吹送安定的药剂。

　　后来稍微查了一下，才明白，这困倦来自机舱内空气的稀薄，并没有什么阴谋。但这真相也并不妨碍我快速入睡这件事。

　　快春节的时候，我从上海飞往北京，登机后还是很快就困了,这时母亲突然打来电话,说自己腿骨折了,正在医院。母亲近一年来独自一人在大连工作,身边没有家人,我思索了一下,想起有个老朋友在大连,便给她打电话,让她去医院看望一下母亲。接着又给哥哥和父亲打电话,让他们赶快从老家赶往大连。

打过这两个电话,空姐就催促我关手机了。飞机很快起飞,加速的重力把我推靠在椅背上,深夜的航班寂寞又无趣,客舱灯关掉,只有几盏阅读灯悄悄地亮着,身边的旅客响起了呼噜声,而我却没有了丝毫的睡意。

飞机落地,打开手机,给朋友打电话,了解到母亲的情况并不是太严重,下楼时楼梯踏空一级,摔倒了,本来以为是骨折要动手术,拍了片子,骨头没事,但具体还要等明天的检查,现在打着消炎针,人的状况也挺好的。我松了口气,对朋友报以感谢,说去了请她吃饭,她说别客气。接着又给母亲打了一个电话,她声音里是疲倦,估计是刚睡了又被我吵醒。我看了看时间,已经是凌晨,我和她说,我要等到下一个凌晨才能去看她,但父亲和哥哥还有几个小时就到了。

从机场回到北京的家里,打开电脑准备了一下明天要开的会,又订好了会议结束夜晚去大连的机票,一切处理妥当,洗了把脸上床时,天已经蒙蒙亮了。我盯着窗帘缝隙透进来的光亮看了一会儿,很熟悉,这一年很多的时候,都是这个时间才上床的,那床边的台灯和窗外的天光,格格不入。

隔天的会开得很顺利,以至于心情也明朗了些许,回家的路上,经过一个堤坝,我心血来潮地走了上去,只有几十厘米宽的顶部平台,下面的水已经结成了薄薄的冰,虽然堤坝只有五六米高,但还是有些眩晕感,我硬撑着走到了对岸,还叫朋友给我拍了照片。

回到家后把昨天没来得及收拾的行李整理了一下,就又拎着出了门,春运的原因,机场里人多且混乱,这难免害得我焦躁。好不容易过了安检登上飞机,可由于风太大,飞机一路都颠簸得厉害,最后摇摇晃晃地降落在大连,我竟有种劫后余生的庆幸,可胃里的不舒服却一直顽固地停留着,一走出机场,就在路边吐了出来。

后来搭乘的出租车的司机,以为我是喝多了难受,我也懒得和他解释,把头靠在后座的车窗上,看着因节日而越发闪亮的街道,有种不真实的粉饰感,对只因歌舞升平就能带来快乐和幸福的体验,我一直秉持着怀疑的态度。

深夜的医院格外冷清,连值班的门卫都睡了,我拖着行李找到病房,母亲被我吵醒,父亲在一旁的空床上也醒了过来。我询问母亲的状况,她说没事,已经不疼了。检查结果出来,骨头没问题,就是韧带撕裂了,要静养一段时间，我的一颗心才终于放下来。

我又在病房里闲聊了一阵，已经快凌晨三点，便离开去附近找酒店住，进到房间后才想起来一天没怎么吃东西，饿得难受，可周围的店铺都关门了，外卖软件也搜不到能快点送来的吃的，我便在房间里找了一盒泡面，可没等泡面泡好，我却先睡着了，就那么和衣睡到了天亮。

一夜睡得非常疲惫，被电话吵醒时才早上八点多。母亲说医生让做个固定架，但不是医院给弄，是外面的医疗器械公司，她和父亲都弄不明白，怕被骗。我急忙赶去医院，医疗器械公司的人已经来了。我其实也弄不明白这些，但硬询问了几句话，然后在网上查询了一下价钱，差不多，便付了钱。

支架安装好后，我询问了医生还需要住多久的医院，医生说三五天就可以出院了，然后等支架可以调成九十度的时候，就可以拆掉了，差不多一个月吧。母亲听了有些唉声叹气，说怎么需要那么长时间，且担心休息这么久，会给自己工作的单位造成很多麻烦。接着又说本来订好了过年回老家的机票，现在都要退掉了。

母亲在一旁说着，父亲却在一旁直咳嗽，父亲平时吸烟比较多，时常咳嗽，所以也没怎么当回事。他现在却提起了自己前几天出门摔了一跤的事情，肺部这几天一直觉得疼，担心是不是摔出了问题。

我说正好在医院,赶紧去拍片子,带他去楼下找了医生,医生给安排了明天上午的检查。我本来放下的一颗心,又悬了起来。

哥哥下午赶来了医院,我把情况和他交代了一下,就出门和朋友吃饭。我们约在一家烤肉店里,天气冷,就想吃点热腾腾的东西。我们俩前些年在内蒙古一起工作过,后来发生了点年轻人的小矛盾,便赌着气几年没再联系。后来机缘巧合联系上了,也一直没见面。直到夏天,我去大连看母亲,她也正好调到大连工作,便一起吃了顿饭,虽然多年不见,可也不见生分,年轻时结下的友谊,总是更牢固些。

我们在烤肉店喝了几杯,聊起一些近况,我说人好像一过三十岁,生活就鸡飞狗跳了起来。她也说起了这些年的一些不如意,爱情工作家人等等。老友相聚,不开心的故事总比开心的多,也免不了去怀念从前,怀念二十几岁的时光,葱葱郁郁的,明媚耀眼。

我说起前段时间在泰国度过的三十岁生日,和几个朋友在喝酒,在生日到来的前几分钟,突然忍不住抹起了眼泪,也说不清当时的具体心境,就是觉得委屈,非常委屈,怎么就三十岁了呢?虽然三十岁这件事想了很久,但到来时还是像没有丝毫准备般,措手不及。

那时跨年的烟花也正好绽放,看着漫天的灿烂,就觉得年轻真好，每一分每一秒都好，可怎么就过去了呢？没有了，再也不会有了，二十打头的年纪再也不会有了。

人生中的悲凉大多如此，凡是能挽回的都不算失去。而真正失去的，连挽留都无从下手。

隔天上午，父亲去拍了片子，中午的时候检查结果出来了，没什么大的问题，肺部只是有些感染，需要打一些消炎的针。父亲虽没说什么，但从他的表情来看，也轻松了许多。

在去取片子的路上，哥哥和我说，昨天晚上我去和朋友吃饭时，母亲倒是哭了一场，可并不是因为父亲，而只是她想吃生葱蘸酱，可夜里附近的市场都关门了，买不到。母亲因为腿受伤，心情不好，因这一件小事就会联想到很多，大抵都是些年老孤苦的事情。

我听来觉得可笑，但也全部都能理解那种心境，人生的每个阶段都有各自的苦楚和难以抵抗的悲观，没有特效的根除药物，所做的一切都只是在缓解。

后来中午的时候，母亲终于吃到了她想吃的生葱，医生也来确认了出院的时间，母亲的朋友和同事相继来看望，母亲又换了一种与人谈笑风生的状态，在他人安慰她时，她甚至能说出些更加宽慰他人的话。当其他人都离开后，她看着堆满病房的营养品和水果，又发愁这些东西该怎么办。

她出院后和父亲哥哥一起回老家,东西拿不了太多,于是问我,要不要带走一些?

我那时因为确定了一切都安排妥当,也因为上海还有个会议,便订好了后天离开的机票。我看着满屋子的东西,很认真地摇了摇头。

当天下午,哥哥一个在当地的生意伙伴来医院看望母亲,之后又非要请我和哥哥一起吃顿饭。在医院附近的小餐馆里喝了些酒,他们聊一些生意上的事情,我懒得插话,便想着一些自己的事情。饭局眼看要结束了,这位朋友接到个电话,听完脸色就变了,说有急事,匆匆离去。

之后哥哥打电话问他出了什么事,他说自己的岳父突然去世了。我和哥哥听了都很诧异,挂了电话便觉这事情不妥,人家都来看望母亲了,明天怎么也得要去参加葬礼。

隔天我和哥哥租了辆车开去了殡仪馆,因为也不是很熟悉的人,所以也并没有真正的悲伤,一路聊着些家里和生活上的琐事,车里播放着我最近常听的歌曲,路途有些遥远,也时常晃了神,是那种生活中突然闯进一件事来的不真切的感觉。

这些年我也参加了些葬礼,大概都是那种样子,有人哭泣,有人麻木,有人说笑。可不管怎样,只要一走进来,心里总会升起些别样的情绪，人生的轻盈潦草与死亡的庄严厚重交织在一起，让人总是愣神，到最后心里空落落的。

我想起几年前，接到祖父去世的消息时，我正坐在往老家赶的火车上，没有买到座位，整个人靠在车厢连接处的窗户旁，绿皮火车在夏夜里穿梭，我因疲惫和刚哭过，双眼通红，脑子里不受控制地闪回着祖父的容貌，很多细小的以为早已忘记的，关于祖父的事情都想了起来，想着想着，又会哭一场。

那是人生中第一次面对亲人的离去，没有准备，没有经验，甚至还幻想着是家人的恶作剧。可也知道，世上没有这种玩笑，千里迢迢，奔一遭虚惊一场。于是只能任凭麻木的身体随着火车摇摇晃晃，一晃这么多年就过去了。

面对死亡，面对生活中突然的变故，我好像有了些应变的能力，也有了些粗糙的皮肉去承受，可这些也并不是我非要不可的。如果有可能，我还是想要永远柔软脆弱地活下去，人间的风雨与心上的尘土，都不要落下。

离开葬礼的时候已经是下午，我和哥哥驱车回医院，途中拐了个弯去了海边，下车走了走，一路并没有多说话，一场葬礼后，最适合的就是沉默。

冬天的海边风很大，行人寥寥，一对老年夫妻在裸露出的岩石上，采摘一些海菜，那是整片海滩上唯一的绿意。

我站在另一处岩石上,看着一整片海面,近处的波涛汹涌着,可越往远处越是平静。无数的渔船被固定在浅海,随着海浪起起伏伏,恍惚生出一种千帆过尽之感,而我的心里,也冒出些隐忍的肃穆。

忽地想起年少时,也来过这片海滩,那时是秋天,岸边有无数的游人,我在其中,为了躲避热闹,而始终戴着耳机,听的是什么音乐想不起来了,只记得那时的心境,都是些无可名状的忧愁,对于未来却是自信的多重期待,一整片大海都装不下的豪迈。

而如今,生活中的杂乱纷沓而至,每一件事都如此具体,情绪也都趋于准确,生命的辽阔之感,如镜头般慢慢收拢变窄,最后只装得下一眼海水,落在身体里。

对于明天的期待,不再有如天降般的好事,也不敢有过多的幻想,只求那深夜发来的信息,那猛地响起的电话铃声,那薄薄一页的检查报告,都不要有意外。

眼前的大海,依然壮阔,它一直都壮阔,可它不是我的。

我和哥哥回到医院时,已经是黄昏,父亲正好把饭买了回来。我们一家人把床头柜拼起来吃饭,聊了些关于葬礼的事情,接着便说起了家常,忘记母亲说了一个什么笑话,我们都笑了,那时我看着可能是最后一抹的夕阳落在窗台上,长长的。

心里就想着，一定要记住这一刻，往后的人生可能会有更多的纷杂、不如意、鸡飞狗跳，但一定要记住这一刻，它是比大海更深的辽阔。

关于吴先生和陈小姐的
一次对话

她总喜欢叫我吴先生,于是我便叫她陈小姐。

吴先生和陈小姐两年没见了,平时也不太联络,渐渐沦为点赞之交,前两天陈小姐突然发微信给吴先生:"吴先生,我快三十岁了。"

吴先生回她:"怎么?要我祝你生日快乐啊?"

陈小姐说:"才不要,女人到了三十,没什么好快乐的。"

吴先生说:"你才二十八。"

陈小姐说:"那也没什么好开心的。"

吴先生劝她:"不要纠结年龄嘛,有个好的状态永远都是青春期。"

陈小姐回复吴先生一个撇嘴的表情,吴先生回复一个揍她的表情,陈小姐没了下文,吴先生刚要去忙别的,陈小姐又发来一条微信："你在干吗？"吴先生贱贱地回复："在想你啊！"

吴先生和陈小姐没见面这两年，他出了两本书，卖得不好不坏，他全国各地乱跑，像是很忙的样子，其实也只不过是游山玩水，给生活多添点感悟。他有时也会下决心做点事情，又统统失败，有热情但没长性，他总觉得把生活又看开了一些，说穿了不过是随波逐流。

陈小姐这两年进步很快，从销售代表一直做到了总监，全国各地地跑，是真的忙，有时清晨醒来，躺在酒店的床上，要想好一阵才能反应过来是在哪座城市。她还是经常陪客户喝酒，喝得胃都出了毛病，随身除了带着解酒药又多了盒胃药，她觉得要趁年轻多赚些钱，她对生活没有太多的感悟。

在吴先生贱贱地回复了那句"在想你啊"之后，他和陈小姐聊了一会儿。

陈小姐说："我们这两年都是全国各地地跑，但是没有在同一时间同一座城市遇到过，就好像故意躲着对方似的。"

吴先生说："我躲你干吗？我巴不得遇到你，让你这个大总监请我喝两杯呢！"

陈小姐说："还是少喝点酒吧，对身体不好。"

吴先生说："哟！酒鬼还劝我呢？"

陈小姐说："我那完全是出于工作需要，现在我工作外滴酒不沾的。"

吴先生说:"我喝酒也是为了创作需要嘛,也是为了工作。"

陈小姐说:"我们应该把工作和生活区分开。"

吴先生说:"你能吗?"

陈小姐说:"我在努力。"

吴先生不知道该怎么接话,他还是不太会和人聊天,确切地说是和人用文字聊天,哪怕他是以写作为生的。但在写作之外,他使用得并不娴熟,或者说是隔着手机屏幕,他始终没能找到那个切口。他随手翻了一本书来看,讲一个老人徒步行走的故事,书里说一个人如果所有的事情都有别人替他做了,那他自己又是谁?吴先生想了想这句话,觉得挺好,越咀嚼越有味道,就把和陈小姐聊天的事忘到了一边。

陈小姐也没有在等吴先生的回复,她知道这个人不喜欢发信息聊天,传过来的文字总给人冷冰冰的感觉,哪怕他的真心并不是那样的。陈小姐站在窗前看了看夕阳,便想出去走走,这一走就穿过了好几条街道,来到了江边。江边有游轮驶过,汽笛声悦耳又惆怅,陈小姐就想起了吴先生说过想乘船沿长江逆流而上,也不知道他实现了没?便掏出手机拍下了游轮的照片,发给了吴先生,没多说一句话。

"在重庆啊？"吴先生收到图片后问道。

陈小姐不说是也不说不是，只回几个字："逆流而上。"

"你去了？"吴先生回道。

"还没，要一起吗？"陈小姐回道。

"最近没时间。"吴先生回道，想了想又补充了一句，"夏天太热了。"

"别总拿夏天当借口。"

"真的，不是借口。"

"那你说说最近在忙什么？"陈小姐不依不饶。

"新的书啊。"

"哇，最近都没怎么关注你，出了给我邮一本。"陈小姐回复后又改了主意，"不，电子版传给我，我今天没事正好闲着看一看。"

吴先生把电子版的新书传给了陈小姐，陈小姐回了一个OK，吴先生想着让她看吧，就没有再回复，免得打扰。对别人品读自己作品这件事，吴先生还是希望对方能够认真一些，能够当作一件正事来做。

陈小姐在江边找了把椅子坐下来，通过手机开始读吴先生的文字，她读得极其认真，却在过程中忍不住总要停一停，调整一下情绪。她看着黄昏江面升起的薄雾，把对面的景色包裹得像极了一段往事，她沉在其中，不多说话。

天色暗了下来，夜晚总是来得缓慢又唐突，吴先生并不饿，却觉得这个时间该吃饭了，他想把生活过得规律一点，过了一定的年纪，太随性总觉得不太好，像是个不安定的因素，不能让人报以信任，不能带给人安全感，虽然他以前从不这么觉得。

吴先生找了包面条来煮，等水烧开的时间里又觉得不放心，便把手机拿到厨房，看了看并没有信息传来，有一点失落。可这失落只维持到水开之前，他刚把面条放进锅里，手机屏幕就亮了。

"唉。"陈小姐只发了这一个字。

"怎么了？"吴先生也摸不着头脑。

"还是喜欢你之前写的那些东西，酷酷的，冷冷的。"陈小姐说道。

"可是我也有温情的一面想要表达啊。"吴先生并不生气。

"但是一次给太多了，你以前在这方面很吝啬的。"陈小姐回道。

"把这些文字在时间线上均分一下，每一天得到的都微乎其微。"吴先生像是在解释。

"好吧，我说实话，吴先生，我想哭。"陈小姐突然就坦诚了。

"怎么了？"吴先生还是有些迟钝。

"我就是受不了你写这些，受不了你把一切都可以讲得风轻云淡。"陈小姐几乎在任性了。

"可是这些都是我的真实想法啊!"吴先生觉得无辜。

"我就是不喜欢你的真实想法,别以为自己都能看开!"陈小姐真的生气了。

吴先生不知道回什么,又不解又想询问,只是隐隐约约察觉到一些他不愿去细想的事情,好在煮面的水溢出来,解救了他。他关了煤气,把面条捞出来,过凉水,拌酱吃。

陈小姐从江边往回走,走了几步就后悔了,不该发火的,也没有理由发火的。她望着街道上的人流在夜色中匆忙,情绪又收回来一点,她掏出手机看,没有新的回复,又回看刚才的对话,揣测着吴先生是否能看出她语气的轻重变化,可是越看越觉得不放心,也越为自己感到羞愧。怎么还是会被一个人一段文字所影响,还是会担心他的想法,他对自己的影响力过了这么久还是没能完全退散,她觉得自己很失败。

吴先生吃过那碗面,很认真地把碗洗了,然后蜷在沙发上看电视。他一个台一个台地换着,然后在一个综艺节目上停下来,看着主持人在耍宝,他呵呵地笑着,打发这个无聊的夜晚。广告时间他刷刷手机,才想起之前和陈小姐戛然而止的对话。

他想了想回复道:"你还好吗?"有点一语双关的味道。

"没什么不好的。"陈小姐回得冷冰冰。

"那就好。"吴先生觉得这语境有些不舒适。

"我是在生我自己的气。"陈小姐在解释。

"我大概知道。"吴先生也诚实。

"你永远什么都知道,就是不说。"陈小姐在埋怨。

"我还不能肯定嘛,不敢乱揣测。"吴先生皱着眉头。

"这不是揣测,这是起码的交流,你不用一直小心翼翼的。"陈小姐回复道。

"我觉得这是尊重。"吴先生回复道。

"你口中的尊重就是沉默,你不能什么事情都等别人先开口。"陈小姐盯着手机,等着看吴先生怎么回答。

"我们不聊这个了好吗?"吴先生像是对这个话题突然泄气了。

"你总是这样。"陈小姐努力压着火气,长叹一口气。

"我不想和你争吵。"吴先生被陈小姐这么一搅,也没有了看电视的心情。他走到窗前看城市的夜景,怎么明亮都是孤独。

"那算了,晚安。"陈小姐站在路边,久久地不想动。

"嗯,提前祝你生日快乐。"吴先生过了一会儿回复道。

陈小姐没有再回复,她觉得肚子有些饿,找了一家吃消夜的小店,要了一碗面条,想了想又换成了炒饭。她一边吃着炒饭一边接着看吴先生传来的书,眼泪忍不住要往下掉,她抽出餐巾纸擦眼睛,管服务员要了杯水,说:"你家的炒饭太辣了。"

  吴先生关了电视,又拿起了之前看的那本书。他看到有一段是这样写的:"还以为走路是世界上最简单的事情呢,这些原本是本能的事情实际上做起来有多困难。而吃,吃也是一样。说话也是。还有爱。这些东西都可以很难。"

  吴先生把书合上,想喝一杯酒,又想着自己正在戒酒,于是用手机订了一张明天一早去重庆的机票。

  而陈小姐在吃完那份炒饭后觉得天气太热了,连夜回了北方的老家。

  吴先生和陈小姐曾经是一对恋人,最后他们没有在一起。

虽有神仙，不如少年

1

前段时间看韩剧《请回答1988》，其中有个片段，高三了，老师把音乐课改成了自习课，学生们抱怨一片，老师说："孩子们，虽然现在很累，但等你们以后年纪大了，生孩子过日子的时候，会发觉现在是最好的时光。"学生们还是表示不耐烦，老师突然有些感怀，说："是啊，现在肯定不懂是什么意思，现在这时候有多好，现在的你们又怎么会懂得。"

老师走后，德善戴上耳机，望着窗外，风拂动着窗帘，导演切换视角，从窗外拍德善，她清澈的眼睛望着外面的世界，带着些许忧愁，怎么看都是属于少年时代美好的画面。

2

春节的时候和几个十年没见的老朋友聚会,每个人的样子都有了许多的变化,但还是能够远远地一眼就认得出来,可中间毕竟间隔了十年的时光,生疏和距离感还是难免地存在着。彼此寒暄,客套,沉默,多少有些不自在,直到几杯酒下肚,世界温润如初,话题才打开,聊得最多的还是当年事与如今的对比,几多欢乐与感伤,也敢大胆地说出对彼此的看法。在那些长大了、成熟了、稳重了等褒义的话语里,最爱听的还是那句:你还和以前一样,一点没变。

以前是什么样子呢?把那些微醺的光阴一一倒退,我站在二十几岁的位置回头望,一片炙热,清亮且清风徐来。但确切的模样却真的有些模糊了,如果存储的记忆没有说谎,那时的我应该是,想说的话很多,又总觉得别人不懂,想要做些努力,却又没有方向,想要快点长大,却又鄙夷大人的世界,想要爱一个人,却又不敢牵起她的手。

这些在如今看来怎么都不能算得上是好的状态,甚而有些幼稚、叛逆和胆怯的东西,却每每想起时都会不自觉地发笑,真的会像看一个孩子般去评判,会像成人般去宽容,也就渐渐理解了那时我们眼中的大人和他们当时看我们的心态。但不知怎的,我还是会怀念那时的自己,希望那个少年好好地活在温柔的光圈里,永远不要长大。

那天喝了很多酒，晕晕乎乎往家走的路上，一直在哼唱着一首老歌："时光一逝永不回，往事只能回味……"就觉得似乎真的到了一个可以对往事有所感怀又不会被认为强说愁的年纪。

岁月的手掌翻云覆雨，不好不坏。

3

十几岁的时候，自己去爬过一次泰山，背包里装着水和吃的，八千多个台阶，五个多小时的路程，走走停停，到处新鲜，也会觉得累，但心中一直充盈着一种信念，只有一步步走上去才能算作来过。

后来到了山顶，小腿已近乎痉挛，但当站在顶峰，俯瞰一切的时候，却真的升起一股豪迈之情，觉得自己征服了高山，悸动之情久久不能平复。那时日升中天，山风劲吹，吹透我单薄的衣服也不觉得冷，只遐想着人立于天地之间，一定要做些恢宏的大事，才不负于人世间走这一遭，那大概也是年少时期鲜有的一次豪情万丈。

去年的时候和朋友又重登了一次泰山，在山下备好了护膝登山杖等一切装备，却只走了一半便停下选择了乘坐缆车。并不是因为体力的关系，我反而觉得自己比当年要强壮了许多，我只是走着走着就烦了，千篇一律的台阶望不到头，风景也都如旧相识，抬头看那些乘坐缆车的人，再打量一下自己，会自问我们的目的地难道并不相同吗？虽然重在过程的人生格言在心中响起，可若真的推至人生的范畴，谁又不会想要走捷径呢？

我大概就是这么说服自己的，于是我和朋友乘坐缆车一路到了山顶，休息，吃东西，拍照，一切都轻轻松松，再站在曾经站过的那块巨大的岩石上，也只生出了些关于风景的赞叹。

我和朋友说，你给我拍张照，这里我以前来过。可就在这句话刚说出口的刹那，我猛地觉得哪里不对劲，我想起了一首很小的时候就读过的古诗词，这么多年过去，到如今终于理解了作者的心境。

原来这种不对劲，古人千百年前就体会过了。

"旧游无处不堪寻。无寻处，唯有少年心。"

4

来北京有几年了，还是没太能找到归属感，人似乎也越来越懒，或者说是对很多事情提不起兴头来，朋友约吃饭，几个街区外就会嫌远懒得动。

身边的朋友都在飞速地成长，在一起聊天时，大多都是聊工作，动辄几千万几个亿的项目，听起来玄玄乎乎的，不太有真实感。就算偶尔不聊工作，说到生活方面，也全都是房子车子，结婚生子，年迈的父母和年岁的压力，听起来都有些让人透不过气来。

以前不是这样的。

以前的我们可以为一首歌的旋律而感动，从而到处向人推荐，会因一部好看的电影，而兴奋地讨论几个小时，会因和喜欢的人一起吃顿饭，而开心好几天，也会因为窗外季节的变换，伤春悲秋好一阵。

那时觉得每一个人都是鲜活的，明媚的，满身的冲劲和骄傲。想去的地方就是目标，不辞辛苦也要去；想爱的人就是力量，艰难险阻也要追；想说的话就马上倾述，不管别人爱不爱听；想要的生活都不同，唯恐千篇一律。想到如今，顺时随俗，不再记得当初的愿望，也不再想要与众不同，偶尔想起这变化，也不会感到难过，轻轻飘起的忧愁，随风而逝。

我不太想承认这些本就是人生该经历的过程。

想起春节时老友聚会聊起的一件事，朋友说当年有一次我们两个在河边散步，一直往河水的上游走，她走累了说回去吧，我却坚持要走到尽头看看河的源头，最后自然是什么都没看到。

河水太长，回忆太短，而我却清楚地想起了那天的夕阳，把整个河面铺成金黄色的海，我站在十几岁的年纪里往未来望，一片光亮。

5

前几年,我和一个叔叔学过一段时间怎么做生意,每天跟着他见到了很多厉害的生意人,他们之间常说的一句话是:虽有珠玉,不如黄金。当时没有多想,只觉得可能是战乱年代留下的箴言,黄金毕竟最可靠。

后来在一本书里又看到这句话,才发现这只是后半句,它的前半句是:虽有神仙,不如少年。

夏日已老

1

　　天气是猛地热起来的,院子里的梧桐树花开了一个月,都快败光了,在楼道里就能闻到的香味也淡去了。我出奇地在清晨自然醒来,拉开窗户,没有了已习惯的凉,明白得把抽屉里的T恤翻出来,夏天不早不晚地到来了。

　　一整个五月我都非常忙碌,开会、写字,占据了生活的绝大多数时间,没有休息日,睡眠时间也被压缩到六个小时以内,私生活几乎全部清零。我不太习惯这种高强度的工作,身体接连出现问题,先是肩颈,僵硬酸痛,每日如同背负着重物行进,严重时还会头晕恶心。

　　住所附近有家盲人按摩院,经济实惠,一小时五十块,我成了那里的常客,固定每周去几次。开始没有指定的师傅,随机排序,自然功力有深有浅,效果也时好时坏,后来渐

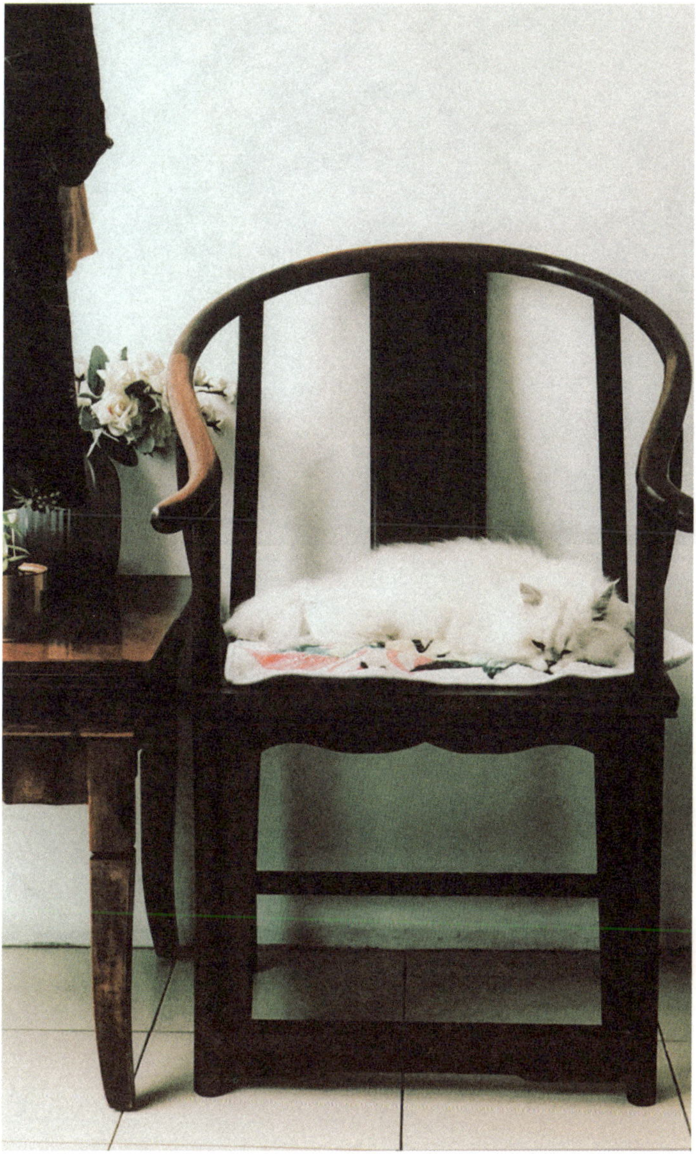

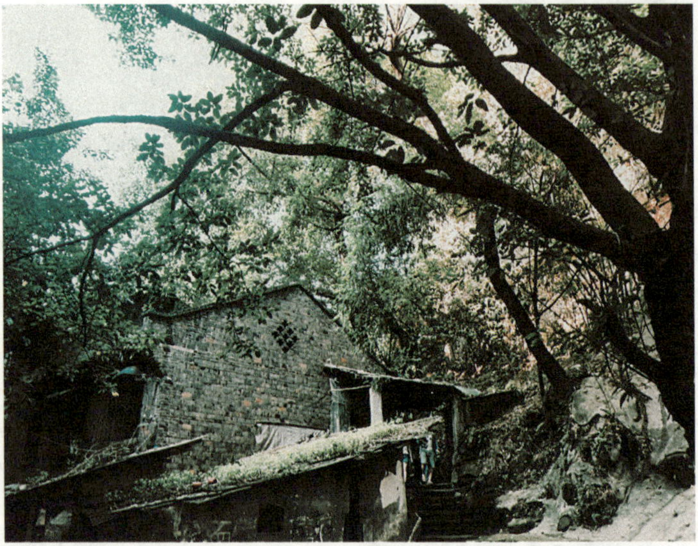

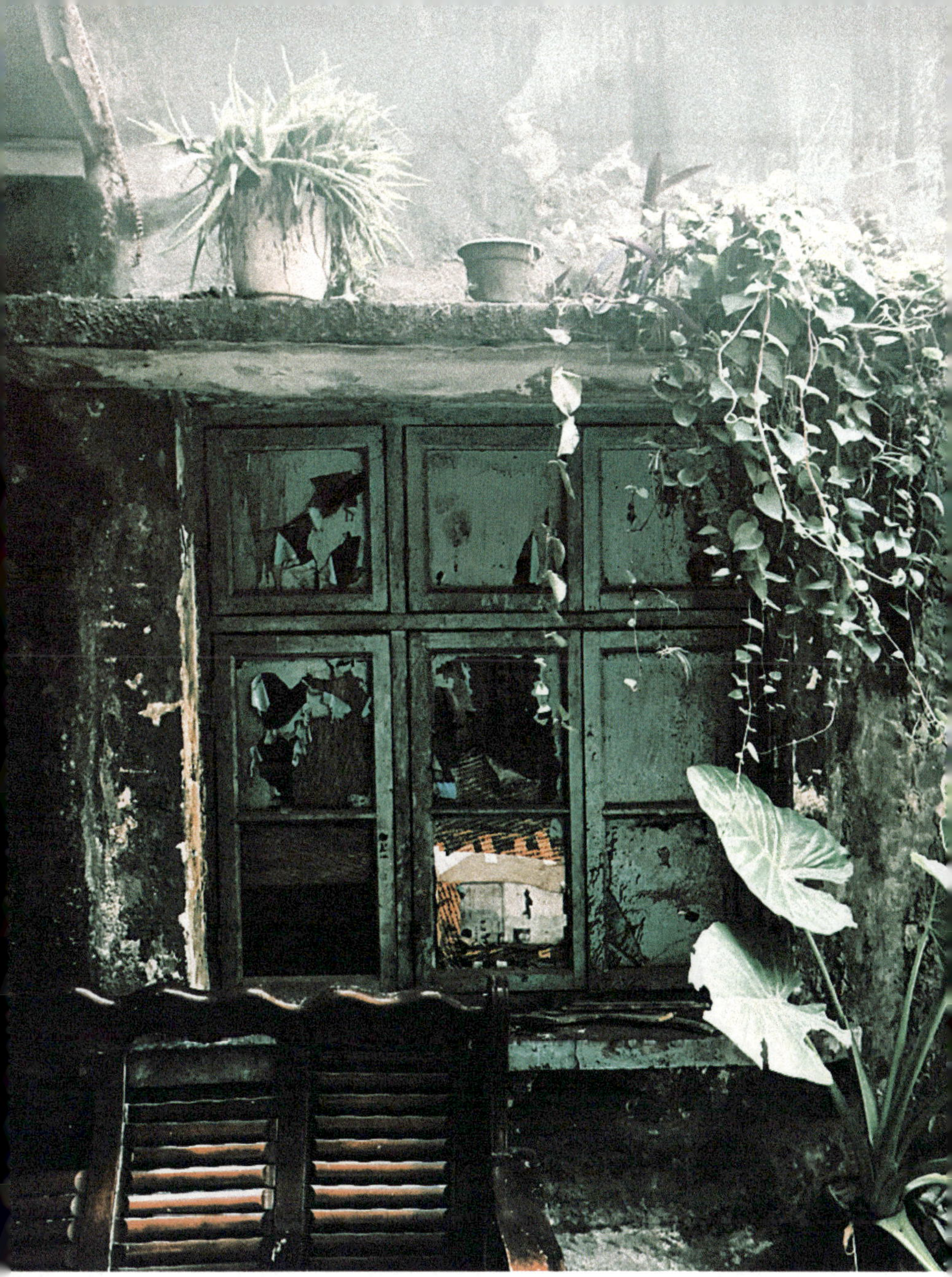

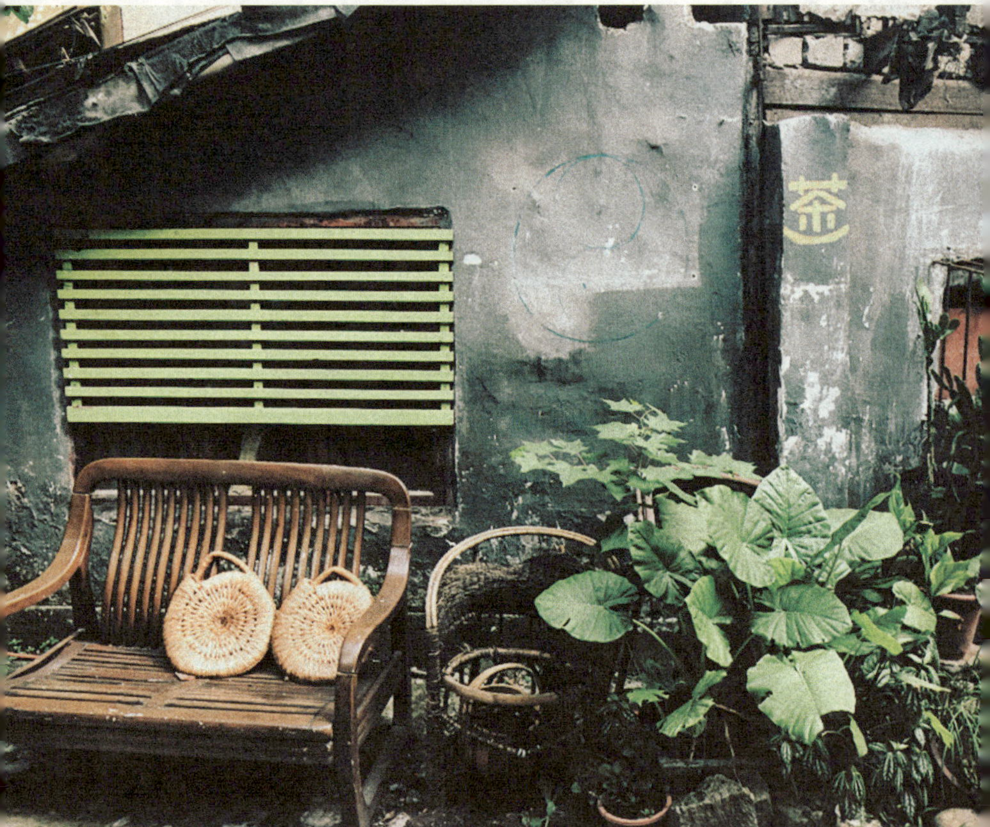
茶

渐感觉有个姓吴的师傅按得好,便问了他的名字,去之前先给店里打电话预约,可按了几次他仍旧不记得我,他说自己每天要按很多客人,眼睛又看不见,记不住的。于是我以后每次去便不再提醒他,只装作是一个新客人,他还是会照例问我哪里不舒服,我照例回答,不必深交,不必聊近况,不必有半熟人的心理压力。

他有时也会问我做什么工作,我这次说编辑,下次说跑业务,再下次就又变成了工程师,他也不会再追究细聊,凡事都说很好很好。后来去的次数更多了,他也会依稀辨认出我的声音,说哦,你之前来过吧,是那个写作的,我回答是。再一次他又会说哦,你之前来过吧,是那个工程师,我回答是。

这种感觉很妙,在他看不见的世界里,我过着好几种人生,我可以随意编排,可以装作过得很好,也可以抱怨过得很烂,我没有说谎的快感,也同样没有罪恶感。我们之间应该是有着某种共同的,不想对人坦诚的情绪,有意无意地去规避真实的那一部分自己。

后来的某一天,我在街边喝了一点酒,再去找吴师傅按摩时,我的话多了一点,我问他怎么变盲的,他说小时候得了脑膜炎,但他并不是全盲,还能看到一些微弱的光。我问他工作忙吗?他说周末会忙一点,平常一天按七八个,周末会有十个,按一天下来,感觉手都肿了。他说老家在乡下，条件不好，他是家里赚钱最多的了。他说爷爷要去世了，已经在床上躺了一年多了，家里人唯一的愿望就是爷爷死时不要赶上农忙。

这愿望如此纯粹，又饱含贫瘠的无奈，我不知如何接话，门外装修的声音吵吵闹闹地传来，他说二楼的KTV在装修门面，从昨天就开始了，明天脚手架支上，进出就不方便了。

我不知道他是说给自己听还是在提醒我，等到下一次我再打电话过去预约时，接电话的人告诉我吴师傅回老家了，他出门时被装修掉下来的砖头砸伤了手，要休息两个月，店里新来了一个姓刘的师傅手法也不错。

2

我的房间在顶楼，夏天一到就格外热，我穿着背心坐在房间里，空调要二十四小时开着，门窗紧闭，窗帘也挡住，这样能保持一个恒温。我开一盏台灯，坐在桌前写东西，有时写着写着，就错乱了时序，本想拉开窗帘看看窗外的夜色，却被明亮的日光晃了眼睛。窗下的街道上，人们在穿梭着，树木也葱郁着生长，万物都在涌动，一瞬间产生并不渺小的距离感。

我有时会在凌晨下楼，去买些东西，故意把步子走得慢一些，路过路两旁高大的树木，偶然有叶子落下来，并不是枯黄。路过老旧的造纸厂，没有机器运转的声音，院子里的灯泡明亮。路过报废的磁卡电话亭，有些倾斜，中年情侣在拥抱。这片老城区的夜晚，破败红色的砖墙，多数关闭的店面，磨断的线性时间，让日子有了回响。

街角处的水果摊，算是开到很晚，老板是带着外地口音的中年人，时不时拿着水枪往水果上洒水。我每次去总是买很少的水果，有时两根香蕉，有时三个苹果，有时一串葡萄。多去几次，老板便熟悉了我，一边称水果一边说："你真会过日子啊，东西只买一点点。"我说："就这点还总是忘记吃，放在冰箱里都烂了。"他就笑笑，给我算钱，从来都不抹零，一角钱也不抹。

后来每次路过，只要我多停留几秒，老板就会和我大声招呼："这个香蕉还剩三个，你买走吧。""这串葡萄有点烂了，便宜卖给你吧。""这西瓜还剩一半，可甜了。"我心里想着，我才不要烂货，但脸上却也笑一笑，摇摇头。

某天，家里来了朋友，我便下楼多买了些水果，可付钱的时候，现金却少了五块钱，我想着捡出来几个桃子吧，老板却说："不用啦，我知道你，就住在那个楼里嘛，下次来还上就行啦。"我道谢后拎着水果离开，还钱的事却忘在了脑后，许多天过后猛地想起来，跑下楼去还钱，却发现老板换成了一个年轻的小伙子，我问他原来的老板呢？小伙子说："我舅回老家了，她女儿考美院没考上，他回去揍她女儿去了，过几天就回来。"

我说我是来还钱的,小伙子说:"哦,你就是住在那个楼里的吧?我舅走时和我说了,你欠他五块钱好多天人都没影了,让我见到你时记得叫你还钱。"

我问小伙子:"你都没见过我怎么叫我还钱?"小伙子说:"我舅有方法哩。"说着从身后的椅子边拿出一张白纸,上面是素描画,举给我看,"这人是你吧?"

那白纸上画着一个戴帽子的年轻人,像我又不像我,纸已经皱皱巴巴,上面还沾了几粒西瓜子。我说五块钱还你,这张画给我吧。小伙子转了转眼珠子说:"咦!那可不行,这幅画单卖五十。"

我想了想说算了,我也不太想要,离开后,不经意回头看了一眼,那小伙子用那画擦了擦鼻涕,团成一团,丢进了垃圾桶。

3

我住的房子是一栋老式的公寓,六层高,没有电梯,很多影视剧组都在这边做前期筹备,几乎每户的门上都贴着剧组的信息,院子里天天有明星的保姆车出入,也时常有一些经纪公司或是抱有演员梦的人来敲我的房门,问这里是剧组吗?见我摇头,却还是会塞来一些演员名单和艺术照,我不知怎么处理,感觉随手丢进垃圾桶也不太妥,就像是把别人的梦想丢了似的,只得摆在桌子上,等每天阿姨来打扫房间时，她们便会帮我收走，我从来不用提醒，她们就好像知道我的心思似的。

公寓里的阿姨是统一调配的，我目测四栋楼加起来有十多个，但她们又不在固定区域，而是轮流交替，这样一来，给我打扫房间的阿姨，每天都不是同一个人。

阿姨们的工作服是感觉褪了色的粉色，看上去很老旧，也衬托得每个人的脸色都不太好的样子。她们的年龄从二十几岁到五十几岁都有，个性当然也就不尽相同。

有个强迫症的阿姨，总是很神秘，从来都是当我不在家时来打扫，她会把我卫生间里的洗浴用品从小到大排列好，毛巾浴巾也要按这个顺序挂整齐，就连我桌子上一些胡乱丢的牙签、外卖筷子、打火机等小物品，也会摆成一排，像士兵列队似的。我虽和这个阿姨从未谋面，但只要进屋后看一眼，就知道她来过了。

另一个阿姨二十多岁，脸圆乎乎的，看上去就很老实，但脑子好像有点不够用，我和她说你把垃圾收走就行了，房间今天不用打扫。她说好的，就出了门，我以为她去拿垃圾袋，可左等右等再也没回来。

我让她把我用过的一个碗刷了，她说不行，我们有规定，只能刷杯子，然后就到厨房去刷那一排根本没用过的杯子。

她有时来的时候我正要睡午觉，我就关上卧室的门说这个房间不用打扫，她点头说好，可几分钟过后，就推门进来,又是拖地又是擦灰。我睡午觉,一般只穿一条内裤,被子也不盖,她也不觉得别扭,尽力不看我,别过头去擦床头柜,擦台灯,还把窗帘拉开,窗户打开通风。

我气得没辙,说你能不能不要再打扰我睡午觉了?你以后只能下午三点以后来。她点头说好,没问题。可过了些天的中午,门铃响,我透过猫眼又看到她站在门前,很老实的声音说:"打扫卫生。"

印象最深的,或者说最不喜欢的是一个年轻但是脸极其臭的阿姨,永远一副不热爱工作的表情。她应该是对瓶子有仇恨,无论是我喝了半瓶放在桌子上的饮料,还是刚喝了一口的啤酒,统统都丢进垃圾袋。

那天她来打扫卫生,我刚拧开一瓶很喜欢喝的苏打水,喝了一口去厨房拿东西,转身回来苏打水已经被她丢进了垃圾袋,我忍不住说了一句:"我刚喝了一口你扔了干吗?"她看都不看我一眼,哦了一声,也不知道要表达什么意思,继续干活。我火气上来了:"这种事你干多少次了?扔东西时能不能问一嘴?"她一副不耐烦的样子:"哎呀,几块钱的东西有什么好问的!"

我就想较真:"钱多钱少也是我的东西,你连句道歉的话都不会说吗?"我想着只要她服软说声对不起我就不计较了,可她却气冲冲地出了房间,从楼道的大垃圾袋里把那瓶苏打水翻了出来,跑回来递给我:"还给你行了吧!"

一副自己受了多大委屈的样子。我说："你给我出去！以后不要再来我房间！"她一扭身就走了，背影全是我还不想来呢。

我怒火难消，给前台打电话，让经理接电话，说以后不要让这个阿姨给我打扫卫生，经理问了情况，满口答应，我又自我劝慰了好一阵，才算消了怒火。往后好长一段时间这个阿姨再也没来过我房间，我在整个公寓也都没有再见到过她的身影，我想着她可能被开除了，心里又生起许多愧疚。

过了有一小段时间，公寓里来了新的阿姨，我心里的愧疚也快抹平了。有天我去世贸天阶逛，又遇到了那个臭脸阿姨。她脱了阿姨的制服，我没有认出她来，她挎着一个有点矮的男人，冲我打招呼，不说嗨也不说是你呀而说hello。这弄得我有些促狭，搞不懂她是要骂我还是报复我，只得回了句hello。她满脸笑意地挎着男人就离开了，那是我头一次看到她笑，挺吓人的。我走了两步还是忍不住回头去看他们，她把整个身子都贴在男人身上，说人家要吃ice cream。

后来我忍不住向一个正常点的阿姨打听关于臭脸阿姨的事情，阿姨一边刷着马桶一边说："她呀，好厉害的，每天都坚持学英文，一心就想嫁个老外，咱这公寓不是搞影视的多嘛，还真让她找上了一个制片人，越南的，好有钱的，听说在越南的那房子，前面是河后面是树林，这不是别墅还是啥？她就要去享福喽！"

我想了想说："嗯，挺好的。"

4

我是不太喜欢雨天的，除非这一天闲得无事做，想喝两口小酒，才会觉得雨天应景。我想这应该和我在乡下长大有关，晴天可以到处乱跑，雨天则只能窝在家里，趴在窗前看屋檐下的雨帘，在地面上砸出一溜细小的坑，盼着铅色的云能尽快散去，雨最好不要下到夜里。

这么多年过去，哪怕我在电视荧幕上看到雨夜的画面，都会感到不舒适，那湿淋淋的画面，总让我联想到狼狈这个词。

这段时间，是下了几场像样的雨的，大多都是在夜里，在我还没来得及睡去的时间里。伴着轰隆隆的雷声，整晚整晚地下，忽大忽小。凭着拍打在玻璃上的声响，凭着隔天醒来忘记关窗的阳台上堆积的水，能想到那随风扫进来的雨，一点点积聚，能想到云一丝丝变轻，空气悄悄地润起来。

这些年一直没有一把像样的雨伞，那天出门，风大雨大，买东西赠送的那把黄色的小雨伞便坏掉了，就想着该买一把厚重一点的雨伞。去网上看了看，挑了一把黑色的，隔天送来，却发现异常地大和沉，感觉都快能挡子弹了，就收起来没有用，其实也是因为雨停了，有种好久不会再下的迹象。

　　院子里的工作人员在太阳出来后开始锯那棵在五月里开花的梧桐树，半天过去那树就只剩下矮矮的一截。我不明白为什么要锯断它，它曾在很多个时间里给过我阴凉。我对一草一木的感恩多过于人类，便去询问工作人员，得到的答案是这树太老了，都空心了，怕再刮大风断了砸到人。这解释我能接受，想起雨天里落下的叶子，便是它最后的存在感。

　　逐渐失去了存在感的还有屋子里的空调，漫长的白日逐渐隐没，六点多就起了暮色，温度也跟着降了下来。关掉空调拉开窗户，就能听到街边传来的市井声，满是烟火气。当夜再深沉一些，喧嚣便空落了，也没了空调的杂音，一整晚似乎都能睡个好觉，只要我不再失眠。

　　夏天就又这么过去了。

　　生命又往前推了一小格，捎带着少于深秋时节的惆怅，似有若无的轻盈，却也能投下些许近乎透明的阴影，终归还是因有很多事情想不明白，才会胆怯岁月的流逝。

　　然后，我要再等待那场秋雨，在某个深夜降临，没来得及关上的窗户，有风雨扫进来，我在微凉的空气里按亮床头灯，点一根烟，或许就能把接下来一生的事情都想明白了。

旧　日

岁月你别催

接到母亲电话的时候是凌晨四点多,她带着哭腔说儿子你回来吧,你爸被车撞了。我问她情况严重吗?母亲说肋骨折了几根,其他的还在检查,人疼得说不出话来。然后母亲在电话那头就哭了,我说妈你别哭,坚强点,我马上就回去。

挂了电话,我立马订机票,可是最早的一班也要十点多。我坐不住,开始收拾行李,收拾好了天还没亮。我就坐在那一根接一根地抽烟,好不容易熬到六点半,出门搭地铁去机场,又在机场熬了些时间,还好飞机没有晚点,我到达医院的时候,是中午十二点半。

在医院门前,我给母亲打电话,母亲出来接我,穿过几条走廊把我带到观察室,在最里面的床位,父亲半躺在床上,后背垫着被子,看到我来了,仍旧没有过多的表情。

母亲说他不能平躺,疼得厉害。我问检查结果都出来了吗?母亲说还没,她担心内脏有什么问题。我就俯下身问父亲哪里疼?他指了指左侧肋部,看来神志还很清醒。

下午的时候各项检查结果都出来了,医生说除了四根肋骨骨折外,肺部也戳伤严重,还有积液。我帮着母亲办理完住院手续,父亲就从观察室搬到了病房,可从一躺在病床上戴上氧气罩开始,父亲就陷入了昏睡状态。一开始还只是以为他一夜没睡在补觉,可是他这一睡就一直醒不过来,偶尔氧气管掉了帮他重新戴上时他会睁开眼睛看一看,接着就再次闭上。我在旁边小声喊他,他也只是动一动眼皮,没有其他的反应,把医生叫来询问情况,医生只说是身体在自我修复。换班时再问,医生又开了一系列检查,可查完仍旧没查出什么问题,只是叮嘱家属说要一直陪护,有什么情况赶快找他。

我和母亲不能两个人一直守着,于是她值白班我盯晚上。病房里还有其他两个病人,都睡得早,差不多九点的时候,病房就熄了灯,只留下父亲床头的一盏夜灯。我搬了把椅子坐在病床旁,一点瞌睡都不敢打,父亲的肺部有积液,不停地往上反痰,听到他喉咙有呼噜呼噜的声音,就得急忙用吸痰器吸痰,否则人就容易憋着。那样的夜晚极其漫长,病房里又闷热,我本想靠看书打发时间,却怎么都集中不了精力,就一直盯着窗外的夜景,看空旷的马路,或是看氧气机里的水咕噜咕噜地翻滚，看输液管一滴一滴地往下流。

差不多第三天的凌晨，我终于有些熬不住，坐着稍微打了一个盹，就听见轻微的嗒嗒嗒声，像是什么东西在撞击金属，我仔细看了一下，才发现是父亲的手指在敲打床护栏。我贴过去问爸你醒啦？父亲睁开眼睛，张了张嘴巴，我说我喂你点水吧，他点了点头。我倒了点凉开水，喂了他几勺，他喉结翻滚了几下，终于开口说话了，很微弱的声音："扶我起来。"我把床摇起来一些，又用手托他的后背，可能是没掌握好力度，他疼得面部扭曲，但还是坐起来了，靠着床和被子。我问他你饿吗？想吃点什么？他摇了摇头，他头还是发沉，虽是坐着可还是低着头，下巴都要贴到锁骨了。他又说了句什么，我没听清，就把耳朵贴近点问他说什么。"你睡会吧。"他还是低着头，闭着眼睛，原来他一直都知道。

我说没事，我不困。我去卫生间洗把脸，扭开水龙头，水拍打在脸上，眼泪也跟着流了出来，这几天紧绷的神经在这一刻终于松弛下来。

又过了一天，父亲终于能吃一些流食了，早晨的时候母亲来换班，父亲开口说他想喝小米粥，于是我就去医院的食堂排队购买，买回来坐在床边一勺一勺地喂他，他喝几口就不喝了。我和母亲在病房里一起吃早饭，然后我回去睡觉，晚上再过来时，母亲说父亲一天都没吃东西，粥买回来他也不喝，我说我来喂他，父亲勉强吃了几勺又不吃了，我说你再多吃几口，不吃东西身体没有抵抗力，来张嘴，来再吃一口，还剩几口就没了，他闭着眼睛又多吃了几口，其实粥还有半碗。母亲说，就你能喂他吃点东西，他根本不听我的。我把剩下的半碗粥放到一旁，拿纸巾给父亲擦嘴，我和父亲之间很多年没有这么亲密的举动了，于我来说没有什么，倒是父亲会有些羞赧，总是试图用手接过我手里的纸巾，自己擦。

这种羞赧在他小便的时候更是加重，由于每日都要验尿，父亲小便的时候我会拿护士给我的小杯子接尿，尿当然会溅到手上，这时父亲就会一脸不好意思地说这玩意怎么天天验？我说你的尿有点黄啊，多喝点水。

父亲的身体又康复一些，但夜里却疼得更厉害，医生不建议使用止痛药，于是他整夜地睡不着，二十分钟就要扶起来一次或是半小时就要到病房外站一会儿，可又站不住，我就找了把轮椅来，他坐在上面，走廊里温度舒适，父亲坐在轮椅上也舒服一些，我在走廊里来来回回地推他遛。深夜的走廊又长又静，只有一个值班护士在好奇地看着我们，我哈欠连天地推着父亲转了几圈后，再遇到护士时她都会冲我笑一笑。我一边推一边有一搭没一搭地和父亲说些话,他听到就嗯嗯两声算是回答,有时我说着说着他没了反应,我就知道他可能是睡着了,可我的轮椅还不能停,停了他就会醒过来,我要这样一直推,一直推。

我十几岁时的一个夏天,父亲在市场里做小生意,卖鱼,每天下午骑着自行车去市场,我闲来无事的时候就跟着去,自行车车把上挂着筐,我坐在后座上,父亲一路蹬着车,我翘着腿看风景。到达市场附近时有一大段的上坡路,父亲骑得很吃力,却也不开口让我下来。我听着他每用力蹬一下都是在咬着牙发狠,便从后座上跳下来,说爸我推你,然后双手推着车后座铆足劲往上推,边推边问轻一些了吗?轻一些了吧?父亲总是会说,行了行了,别推了,我却偏逞能似的继续推。

父亲在轮椅上被我推了几圈后也会说,别推了,回去吧,我却仍像小时候一样,偏要再转几圈。到如今已经不能说是在逞能,只是在父亲的少添麻烦和自己的多做一些之间找个平衡,我心里也会好受一些。

父亲身体再康复一些的时候,他的饭量却没有跟着增加,每天还都是问他吃这个吗?吃那个吗?他都是摇头,我坚持在粥里加了鸡蛋,可他还是只吃几口。母亲说父亲爱吃柳蒿芽馅的包子,于是买回来一堆,父亲只吃了半个。我想起小时候他爱吃林蛙,还带我去河堤边抓过几次,就去市场找找看，还真找到了，不过真贵，一百多块钱一斤，买了些烧给他吃，可他也只吃了两个。我妈说他挺大个人了还挑食，我说怪不得自己也挑食，都是遗传，父亲听了也不狡辩，只是说真是吃不下。

有天凌晨，我在走廊休息区发现了一个自动贩卖机，两块钱一杯的热牛奶，就买了一杯打算自己喝，父亲看到了有想喝的意思，我就把那杯牛奶给了他。其实那根本算不上牛奶，只是奶粉冲的，可没想到父亲竟很喜欢喝，每天都要喝两杯。但那个贩卖机不能找零，于是每天去换班之前，我都要换几个硬币，揣在兜里，走起路来叮当叮当响。

父亲夜里还是睡不好，可我俩又没什么话可聊，这些年来一直都是这样，或许男孩长大后都会自动和父亲保持一种距离，沉默又生疏。但我又怕他无聊，就在电视开着的时候就着新闻和他聊一些政治话题，或是看天气预报的时候他会忽然问我这个地方你去过吗？那个地方怎么样？听说某地乌龟很便宜，弄过来一批卖卖能赚些钱。他还保留着一种老派生意人的头脑，觉得这个世界上的信息并不是那么透明，他不懂上网不会用智能手机，最喜欢的是方方正正的翻盖手机，觉得很气派。

我在深夜里用平板电脑和他下棋，他仍旧是不会用，用嘴巴告诉我他的车走哪炮打哪，但他棋艺确实高，我怎么也下不过他，明明看着自己占优势，可三两步自己就落了下风。他一般下两盘就累了，推托说不玩了，和我下棋没意思，可到第二天我仍旧缠着他再杀两盘，并不是想复仇，其实还是怕他闷得慌。这样下了几日，我一盘都没赢过，心里倒是真的生出了非要赢一盘的脾气，可是当那天我真的眼看要赢时，他却突然说不玩了，算你赢了吧。我一听好大不乐意，说什么算我赢了啊？我本来就要赢了！他不和我争论，倒是让我给他接杯牛奶去，我就一路哗啦哗啦响地过去了。

我们父子之间，似乎很多年都没有这么融洽的关系了。这些年我常年在外，很少在家里长住，父亲也越来越不了解我，只记得我爱喝酒。于是每次回家，吃饭时父亲都会劝我喝两杯，他自己是不大喝酒的，就看着我喝，好像我一喝酒他就放心了，儿子还是那个儿子，并没有变。可只要一两次我不喝，他就像有很大疑虑般问我怎么不喝？没有下酒菜？喝吧，反正闲着也是闲着，他总是这么劝我。有时我推托说懒得下楼买，实际是真的不想喝，他就掏出手机给楼下的超市打电话，叫送来几瓶啤酒，楼下超市都弄明白了套路，说只要他打电话要酒就是儿子回来了。

他爱喝茶，我总是时不时地给他邮回去各种茶，后来我问母亲茶都喝了吗？母亲生气地说都让别人喝了，谁来家里都拿一点，你爸还乐呵呵地让人拿，说都是他儿子给寄来的。

可除了这些，我们之间似乎真的没有太多可以称之为温情的事情。每次我回来时他不去接我，走的时候倒是会把我送上出租车，替我把出租车费付了，他不会说在外面照顾好身体，不会叮嘱工作不要太累。我们甚至连电话都很少打，只是偶尔在节日或他的生日时，我给他打个电话，说声快乐，然后彼此就陷入沉默。顶多他会问一句你在哪？听了答案后说跑那么老远，然后便挂了电话，通话时间从来不会超过一分钟，我们都太过不善于直接表露情感。

想起有一回我回家办事，待了几天急匆匆又要走，临走前一天我待着无聊，便去楼下的一家游戏厅玩币子。玩得正开心，父亲突然出现，站在了我的身后，他问我票订了？我说订了，明天一早的。我以为他立马会走，可他一直站在我的身后，也不说话，游戏机上的彩灯像贪吃蛇一样在转动，伴随着欢快的音乐，可我的心里却好一阵酸楚。我说你在这站着干吗啊？快回去吧。他说我看你玩一会儿。我说有什么好看的，你在这我玩不好。我把最后几个游戏币丢进去，胡乱拍了几下，都输光了，然后我就盯着游戏机倔强地不走也不回头看他，可他也就固执地站在我背后，一直站着。

在医院护理的最后几天，父亲夜里不再需要人照顾，我也能图个清闲，到休息区拼两把椅子睡一觉或是抽根烟，可我觉轻，稍微一有人走动我都会醒过来。父亲已经能自己起床走动，他每晚睡不着也会来休息区溜达几圈，每次一听到他拖沓的脚步声我都会醒来，看到他一脸谄笑，我问他是不是想抽烟了？不行，医生说了你不能抽烟，借着机会正好把烟戒了吧。父亲说抽了半辈子了哪能戒得掉。我说那也不给你烟，我把烟揣进兜里，他悻悻地又回去了。

我接着闭眼尝试入睡，不一会儿却又听到脚步声，我故意不睁开眼睛，想着你不可能来搜身拿烟吧？却没想到他还真的靠过来了，却并没有翻我的口袋，而是抱了床被子给我盖上，然后又拖沓拖沓地走了。

父亲在医院住了半个月，医生说可以出院了，回家好好养着吧，伤筋动骨一百天。

出院当天在家吃晚饭，父亲说你喝点酒吧，我说不喝，他说喝点吧，也没啥事了，我说真不喝，我现在不怎么爱喝酒。他不再劝，过了一会儿却又说，冰箱里的酒还是你上回回来买的。我说要不你陪我喝两杯？他摇头，我想了想还是喝点吧，让他图个乐和，就去冰箱里拿酒，果然他笑呵呵地说，看吧，还是馋酒。

父亲在家里待了两天就闲不住，躬着身子要出去溜达，母亲不放心，让我陪着。于是那几天我就像是个跟屁虫一样天天跟着他。到了他朋友家，他和人家讲医院里的事，聊其他有的没的，别人抽烟他看着馋，总想伸手要接一根，我就负责阻拦。朋友开他玩笑，老吴行啊，出门都带保镖了。还有的朋友住院期间没去医院看，塞钱给父亲，让父亲买点吃的喝的，父亲推辞不要，他的朋友就换一套说法，说给你儿子买点吃的，父亲就乐呵呵地让我接，我接也不好不接也不好，他的朋友就把钱塞进我的口袋，像小时候塞压岁钱似的。几次之后，我说爸我不跟着你去溜达了，到哪都弄得我像小孩似的，还买点吃的，太丢人了。他说这都是过码儿，人家给我钱是因为之前我给过人家钱。我妈说儿子你要是嫌丢人我去，我爸说你那么大岁数矸碜不矸碜？

父亲那天坐在沙发上，突然说："看，我能侧躺了。"他斜靠在沙发上，很是得意。

他康复得差不多了，我也又到了要离开的时候，母亲问我春节回来吗？我没敢给个肯定的答复，害怕说了她又要数着日历过日子。那天我们一家人在看电视，我耳朵痒得难受，就让我妈给我掏耳朵，我妈手劲大，扯得我耳朵生疼。我说你轻点！耳朵扯掉了！我妈说不冲着阳光我看不着里面。我问她耳屎多吗？母亲说别动有个大的。

这时一直在一旁看电视的父亲突然开口说："儿子你都有白头发啦？"我问多吗？你帮我拔掉。父亲没有帮我拔，自顾自地在那讲:"小的时候你不爱吃饭,每到吃饭时就挑这挑那,找各种毛病,于是我就让你去墙脚罚站,一罚站你就老实了……"说完他在那呵呵乐,母亲也跟着乐,但我并没有跟着乐,并不是母亲挖得我耳朵疼,而是我突然有些感慨这岁月,虽然总觉得自己已经是个大人,但在他们心中,我还是个不懂得照顾自己总会犯错误的孩子。

  我就在想,岁月啊你别再催了,我想让他们老得慢一点,能再多陪我几年,哪怕只是站在背后也好。我也在想,岁月啊,你也别再催我了,让我也长得慢一点,我还想多做几年那个一犯了错误就要去墙脚罚站的小儿子。

  "妈!你要把我耳朵挖聋了!"我突然疼得大喊。

留一片孤独卧心底

1

近两年，几乎每一个夜晚，无论窗外是风是雨，是夏日还是寒冬，我都会把房间里的灯关掉，只留下一盏小夜灯放在书桌前，打开电脑写文字。我有时写得很快，灵感饱满，沉浸在自己营造出的世界里津津有味不能自拔，安静的房间里只能听到噼里啪啦的键盘声响，时间也过得飞快。

可更多的时候，我是在苦苦地与自己煎熬，写三行删两行，刷一刷网页，看一会儿书，再写几行，大多又不令自己满意。我把身体靠在椅背上，点一根烟，思考些什么，那时整间屋子里除了烟味，肯定还弥漫着忧愁的思绪，以及关于生活的疑问、自身的检讨。我会不经意地把头扭向窗户，透过玻璃的反射看到微弱灯光旁边一个人的身影，在与整个黑夜作对，那时的我会被孤独感的唐突降临打得措手不及。

2

现在回想起来，人生中第一次感到孤独是在什么时候？

好像是在童年的一个黄昏，我坐在院门前的榆树下，看着夕阳渐渐地陨落，晚霞红透了半边天，隔着一条街道，别人家的一群孩子在抢皮球，我很想参与其中，但他们却没有对我发出邀请。于是，我只能抱着满心的渴望坐在原地，当皮球不小心滚落到我脚边时，还要装作不想理会，别过头去。

再稍微长大了一点，上学后，由于个子比较高，我被安排到教室的最后一排座椅上。全班同学都在认真听课的时候，我却把头扭向了窗外，看着郁郁葱葱的树木和上体育课的学生们，漏听了老师在讲什么，也不觉得可惜。

再长大，去外地上学，晚报到了一天，站在教室门前，看着早到的同学们热络地打成一片，我竟不知该不该迈进去。于是，我在教室门前踟蹰了好一阵，才硬着头皮去找自己的座位，坐下后仍不知所措，也不想和同桌打一声招呼。

十六岁那年，爱上了听电台，每天晚自习过后便匆匆跑回寝室，爬上最里侧的上铺，拿出破旧的半导体，戴上耳塞，寝室里所有的热闹与话题便与我无关。偶尔也会有同学叫我下来打扑克牌或是玩些别的什么，但都被我统统拒绝了。那时会觉得，有自己的小世界很好，以及不想被他人打扰。

十七岁那年，喜欢上了一个女孩，她在夏天里每天都穿着彩色的裙子路过我家的楼下，我就趴在阳台上一天又一天地等她路过。设想了无数种和她打招呼的方式，甚至想过倒一盆水下去淋湿她这种笨拙的伎俩，可终究都没能付诸行动。然后她在那个夏末消失了，而我仍旧每日趴在阳台上苦等，在这等待的过程中，我很想有人陪伴，但又不想把心事讲给别人听。

再后来，成年了，我发现孤独不再是偶尔降临，而是如影随形。

3

到底要如何解释孤独这个词汇？

孤单？寂寞？无人陪伴？找不到有共同语言的人？自己觉得和这个社会格格不入？

最简单的例子，在一个偌大的池塘里，只有一条鱼在游来游去。

再复杂一点，在一个偌大的池塘里，一群鱼聚在一起游来游去，而角落里有一条鱼在独自停歇。

更复杂一点，一群鸟在枝头，一只鸟在唱歌，而其他的都在叽叽喳喳说着闲话。

除了这些，肯定还有更为高深的解释吧？上升到心灵层面，升华到艺术追求，或是直接说成心理问题。人类可以从千千万万个方面给一个词汇下注解，寻根源，找答案，却忘记了每个人的体会是不一样的，有人觉得是喜，有人觉得是悲，有人觉得无所谓。

那孤独终究是什么呢？好像一说出来，就变了样子，我不太擅长了解他人，也不擅长总结，那就只好再说说自己。

现在算起来，自己一个人住已经快两年了，不算太长可也不短，有时觉得很惬意自在，但在大多的时候还是会觉得不太自在。比如走在街上的时候，希望身边有个人在，比如去电影院看电影的时候，觉得一个人很丢人，比如不敢一个人去吃火锅或是去像样一点的餐厅，比如夜很深的时候想找个人说说话。

有时难得的朋友聚会，欣然前往，却发现多了几个新朋友，发现他们说的话题自己无从插嘴，好不容易自己掌握了话语权，准备侃侃而谈一气，却又发现朋友们都在各说各的，没人听自己说话，于是只好越来越沉默。

有时，一个人站在窗前，看着窗外的夜色，车流，整齐排列的路灯，会觉得这个世界不属于我。

有时，写的文章没人看懂或被曲解，会觉得这个世界没人懂我。

有时，也会坐在沙发上，一边看电视一边傻笑。

有时，也会放点轻快的音乐在屋子里扭两下。

而更多的时候呢？好像是习惯了这种孤独，从而忘记了它的存在。

没人陪着看电影就一个人去看，不想进餐厅就叫外卖，没人陪着说话就干脆不说，找不到志同道合的朋友就自己和自己做朋友。起床，洗漱，打扫房间，看书，写字，听音乐，所有的生活按部就班。想要养点小东西，试着对事物投入些情感，想要学着做几样简单的菜，充实一下时间，新买了熨衣板熨了几件衬衣，形象还是不能太邋遢。在开心或是不开心的时候，独酌点小酒，就觉得一切都没什么大不了的。

我很信奉的一句话好像是这么说的，"既然改变不了的，那就努力去适应它"。适应孤独，以及它带给我的一切。

4

那孤独到底是好还是坏呢？

我有时觉得挺不好的，当孤独感降临的时候心里堵得慌，就算打开窗户也透不过气来，人容易陷入忧愁、悲观，会把接下来一生中最不好的事情都想到。

有时我又觉得挺好的，在孤独的时候能够更冷静地审视自己，自己与自己独处人不浮躁，觉得生命也不喧哗，这个世界一切都是冷冷清清的，就如同秋天的街道，落叶铺成一片深邃的海。

亨利·贝斯说过:"一个人过于孤独并不好,它如同总是在人群中一样不明智。"我想说的,大概就是这些了。

在我们漫长的一生中,能够被记住的,留以怀念的大概都是那些热闹温馨幸福欢笑的场景,似乎那些才是我们生命的全部,才是我们理应追逐与向往的,也是生而为人最乐意接受与体会的。可是,衔接这些场景的画面,欢闹过后的留白,等待下一次聚首的时间,光鲜背后的艰难,黎明之前久久的黑暗,爱情到来之前的守候,也不该被遗忘吧?其实这些才是生命的全部重量吧?这些才是生命永恒的主旨吧?才是我们生而为人最不能避免的经历吧?

我觉得,一个人,只有学会了与自己独处,才能迎接更广阔的天地。

只有见过了更为广阔的天地,才能忍耐住生命的孤独与寂寥。

只有忍耐住生命的孤独与寂寥,才能写出更为深刻的文字,才能成为更好的人。

5

最近我搬到了北京的郊区居住,生活变得更为简单,由于资源有限,不得不去固定的小饭馆,叫固定的外卖,去固定的超市,在固定的路程散步,看同一片夕阳与月落。

天气变得很凉，屋子还没有供暖，时常裹着毛巾被坐在电脑前看一部电影，读一本书，喝一杯热水，来打发这温吞的日子。有时也会坐在沙发上看几集无聊的电视剧或是综艺节目，看着看着就会迷迷糊糊地睡去，醒来后时而日落黄昏，时而天未明将明。

有那么一刹那会觉得，这个世界还是很美好的。

最近又开始听电台，听午夜的节目，主持人的工作似乎很简单，抒发一下感想，放几首音乐，拨动一下听众脆弱的神经，试图泛起忧愁的波澜，他们做得都很成功。

在某一个午夜，我听着电台突然想起十七岁那年的自己，当时刚刚拥有了第一部手机，便每天晚上躲在被窝里和主持人发短信互动，聊朋克和摇滚音乐，感慨浅薄的人生，主持人经常会念我发的短信，那时我的手机尾号是5821，她会说："5821又发来短信，他说，总觉得这个世界过于辽阔又过于拥挤，而我除了脚下这条模糊崎岖的道路，竟不知还能握住些什么。"

唐突地想起这个片刻，竟仍旧能完整地记录下来，我的眼眶在那一刻隐忍地发热，我不是在怀念过去，也不是在触景生情，而只是想要感谢，感谢如今的自己仍旧能够把年少的情感保留至今，感谢这些个年月风霜雨雪地走来却不曾把迷离抹去，感谢头顶还悬着那一份小小的骄傲与自负，感谢心底始终卧着那坚韧的孤独。

我知道，有些东西始终不会离去的。

我也知道，岁月一直向前，守着孤独的人们，请各自安好。

不再让我孤单

1

住所对面刚竣工了一栋楼房,陆陆续续有人家搬进来,装修的木屑、包裹家具的泡沫、塑料袋,到处翻飞,偶尔还有放鞭炮的,热热闹闹的。我一推开窗户,就能闻到硝烟的味道,放鞭炮的人已经散去,一地红色的纸屑,也贴着地表翻飞,那一小片地面,就像开出了花朵。

在这个时常阴霾的冬天,我会坚持在傍晚去散步,与其他季节一样的时间段,只不过冬日天黑得早,傍晚就变成了夜晚,街道也开始孤零零的。如果一直往南走,就会走到闹市区,霓虹灯闪耀的地方,这个小镇子的夜晚,在某些地方,还是有些淫靡的味道。

可惜我每次只走到一半的路便折身往回走,把热闹抛在身后,面前是一大片的荒凉,寂静无常。

如果一整条街道真的只有自己一个人的话，会感觉很不真实，就像是被人间抛弃了一样。于是，我常常就会感觉到这样，在很多个天刚黑下来路灯刚亮起来的说不清楚的时间段里，觉得自己就这么无声地被抛弃了，没有预兆的。

2

不喜欢讲电话，也不喜欢发短信，唯一能与外界比较和善地沟通的方式是网络聊天工具，却也经常因不善言谈，不会沟通，不会制造话题，说话伤人，而渐渐无人理会。也就干脆处于隐身状态，却还是有些不甘心地对少数的几个人设置了隐身可见，可是那些灰色的头像却很多天很多天都没有再亮起来。

这样的时候就会开始怀疑，是不是自己又哪里做错了，当然也会自欺欺人地幻想，可能人家真的都很忙吧。

我其实没几个朋友，在身边的更是少得可怜，如果硬算起来的话，身边只有一个最好的男性朋友，和一个最好的女性朋友。以前还能时不时轮换着和他们两个人吃吃饭聊聊天散散步，但最近他们都有了女朋友和男朋友，我就这么被抛下了。经常一个月都见不上一面，电话当然也不可能打，也就是这时，在很多心情不好的白日和夜晚，感觉到了什么叫作孤单。

而我终于发现，我唯一能够打电话聊天的人，也就剩下母亲了。但除了相互关心外,也真的只是没话找话,时常在电话中有大量的空白时段,两个人都找不到话题,或许只有几秒钟,但那几秒钟,漫长得如同成长,我真的会难过。

渐渐的,我也不主动给母亲打电话了,手机就算几天不带也不会察觉,它安静得有点瘆人,像是一具尸体。

虽然这样,但我真的一点都不期待手机再响起来,我仍旧害怕讲电话,害怕发短信,这是我的问题,不知算不算毛病,但改不了的,我了解自己。

也试过交一些新朋友,却都以失败告终,人际交往是门学问,我有点学不来。

不会主动与陌生人相互介绍,不会与第二次相见的人打招呼,不会与第三次见面的人聊天。勉强地笑一下或是点一下头,已经是最好的结果了,也就这样把别人拒之门外,就很少再有第四次相识。渐渐的,在路上相遇,也会假装没看到,再次回到陌生人的位置。

这是一种恐惧症,害怕与人相识,害怕遇见陌生人,害怕所有预期以外的事情。可是,有什么办法呢?

3

也不是没有过爱情,但少数的都以失败告终,是自己性格不好,达不到恋人的标准,没有隐忍,没有温柔,没有关怀,更没有交谈,大多数都是在默默地进行着所谓的恋爱,悄无声息的,自然没人受得了。在度过了最初的把这些当作是你的个性来喜欢的甜蜜期后,结果往往只剩下两个人的沉默,接着便是分手,连争吵都没有。这样,就有点刻骨铭心的味道,也有点畜生的味道。

而更多的爱情却都是开不了口,还没开始就已经结束了,不是暗恋,比暗恋明显很多,两个人已心知肚明,也交换了眼神,但就是差最后一句话,逼着对方先开口,否则就会觉得自己输了。而我却相对更有忍耐性,这样时间久了,就会产生恨,我也就这么地相信了,真的有由爱生恨这么一说。

然后,就会看到对方和别人在一起了,我还会笑一笑,有点苦涩的味道,或者说,心一抽一抽的,这感觉,真的不好受。

这样不了了之的结果,还是要怪自己的,假清高也好,太自负也罢,但爱情终究还是一门学问,我学不会的。

当然,走在街上看到牵手的恋人,还是会下意识地把衣服裹紧,不然会感觉很冷,会觉得自己很卑微的,会有回忆跑出来的。

在这个有些沉默的冬季。

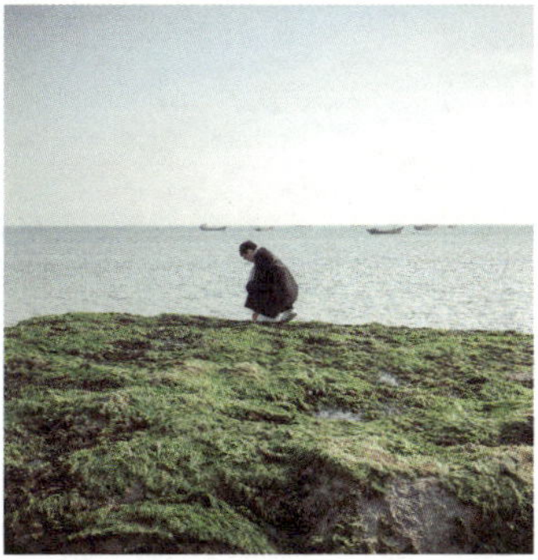

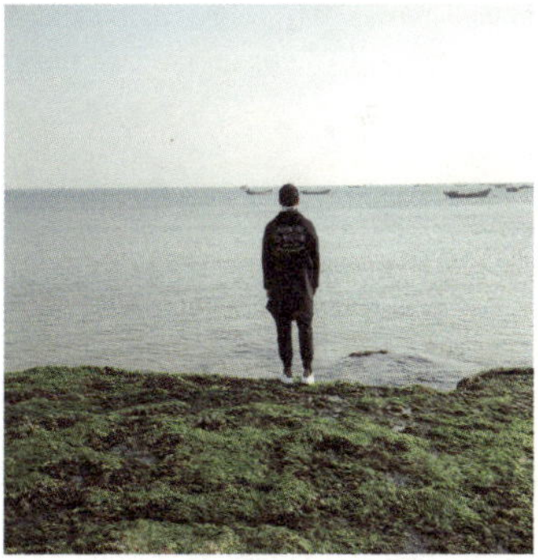

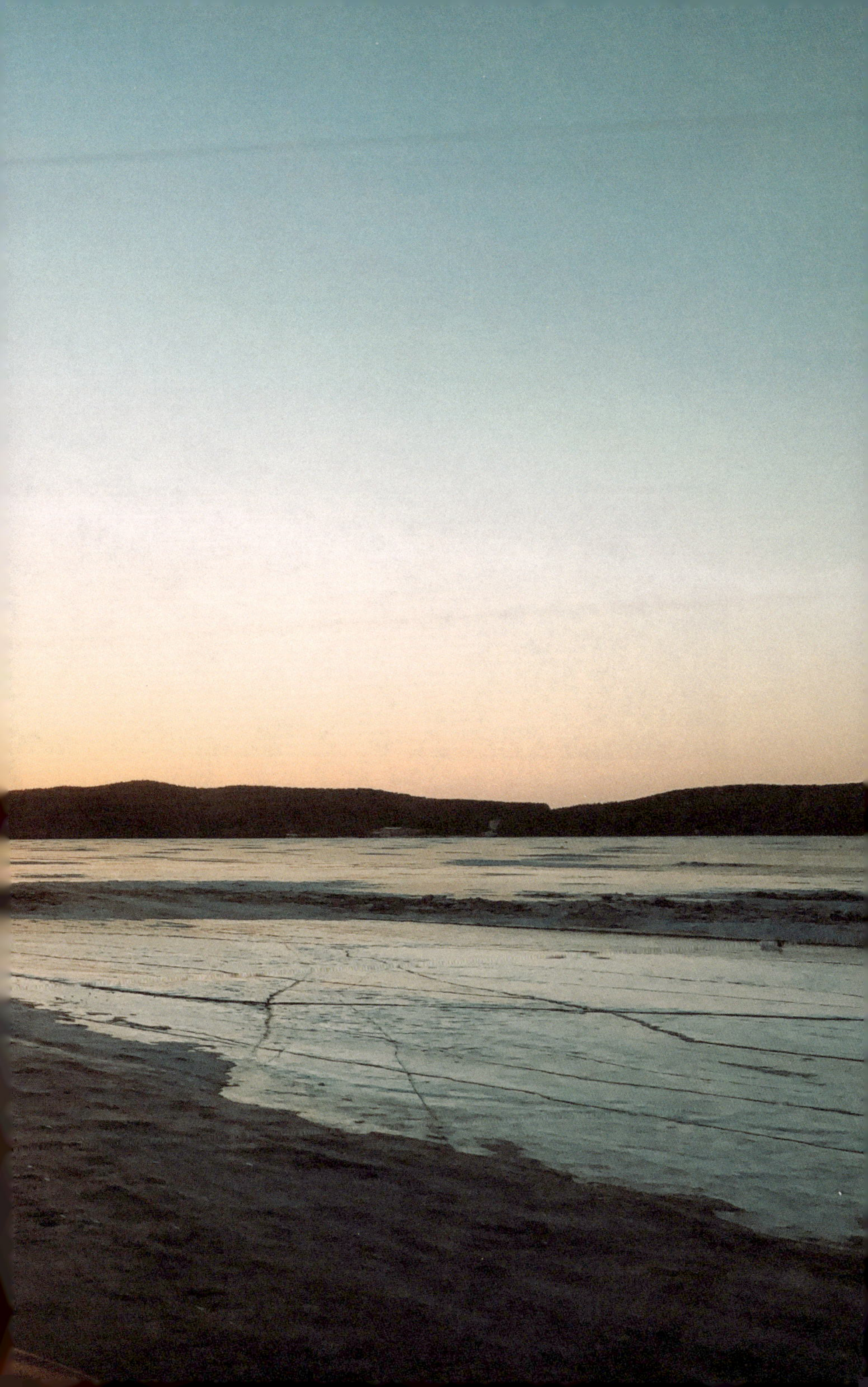

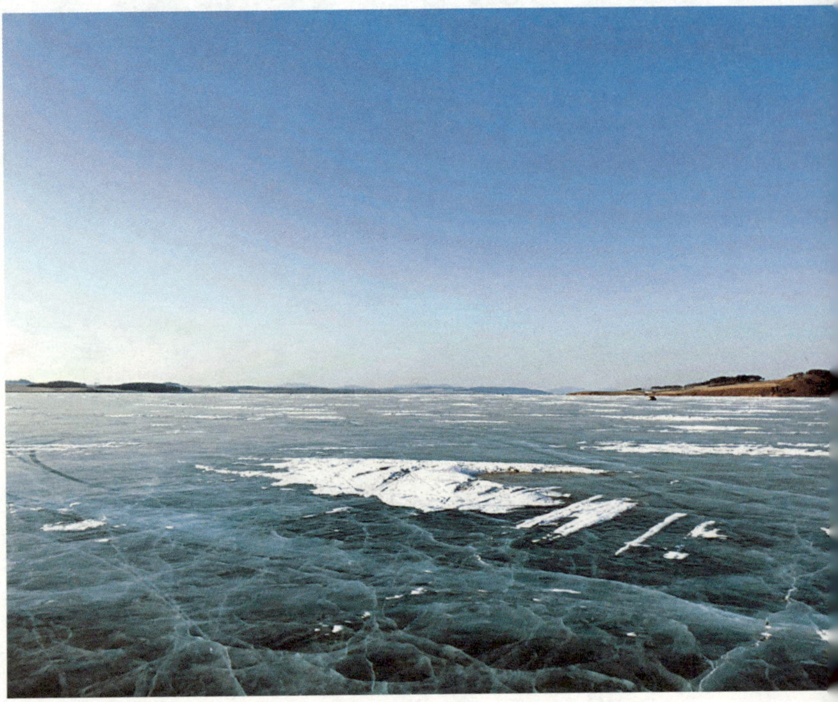

4

经常会深夜跑出去买酒，要走很远很远的路才会遇见一家没来得及打烊的超市，然后拎着酒瓶子往回走，如果身体再晃一些的话，就成了酒鬼或是流浪汉。在这样的时候也会感到害怕的，但怕的不是黑夜也不是隐藏的危险，而是怕遇见同事、熟人、前恋人或是朋友的朋友。

害怕让别人知道自己孤单，害怕被别人问及近况，害怕别人眼神中流露出怜悯。一直觉得孤单是一件丢脸的事情，比寂寞还可耻。

还好，谁都没有遇见过，我也就能够很完好地保存住这份孤单。偶尔一辆出租车缓慢地跟在身边，我还会善意地冲车子摆摆手，或是笑着摇摇头，车子就会加快速度离我而去。有时，我也会想，要不干脆就坐上去，让司机随便开到哪里都可以，然后把我抛下，让我迷路一次，试着找回家。

但更多的时候，还是一个人缓慢地往回走，有时，走着走着，会突然觉得世界安静极了，在路灯下停住脚步，抬起头才发现，下雪了。

5

下雪后的日子仿佛就变得温情起来，世界也跟着明亮了，我站在窗前看对面楼房的孩子在门前玩耍，戴着帽子和手套，身体臃肿着，笨笨的，要倒不倒的。很快，他们的头上身上又落满了雪花，会想要伸手去帮着拍掉他们身上的雪，可惜伸手根本够不到。想法挺莫名其妙的，也发现，不那么讨厌小孩子了。

如果屋子里的暖气不够热的话，会想要吃火锅，这也是自己唯一能够做熟且不难吃的东西。青菜、肉卷、蘑菇、鱼丸、土豆片、豆皮，满满一锅子，屋子里的热气会扑在玻璃上，挡住外面的景色。

坐在桌前给自己倒满一杯酒，喝下第一口的时候心是热的，胃也暖暖的，会想起一个人，对着自己笑。等到喝下一杯酒后，脸会热热的，心却没来头地凉了，菜也吃不上几口，还是会想起一个人，是自己，孤零零地站在路灯底下，等待第一片雪落下来。

这时，是会想要哭的，却又觉得真矫情，还是抽支烟吧，烟雾就和水汽混合在了一起，加上火锅的香味，添二两感伤，满屋子浓稠了。起身走到窗边，用手掌擦掉玻璃上的一块哈气，天黑了下来，雪还在下，有人在放烟花，庆祝一些莫名其妙的节日或是纪念日。一年好像又快过去了，今年打算早点回家，多陪陪父母，讲一些开心的事情，告诉他们自己在外面过得很好，能很好地照顾自己了，不必多担心。

6

电视机会在午夜播放老电影,中间也不忘插播广告。暖气总是忽冷忽热,没来头的。洗衣店的价目表又涨了,还在犹豫要不要把羽绒服送去洗。理发店换了新的理发师,说着一口蹩脚的普通话。通向市区的客车,因下雪一直在停运。邻居的老人还是没熬过这个冬天,在清晨离开了。

这个世界总是在变来变去,我都快跟不上它的脚步了,这个世界有太多态度不能苟同,那也就只能这样了。渺小的、可笑的自己,总会觉得是一个人孤零零地活在这个世界上,或者说,活在自己的心里。

人在独处的时候,就会想明白很多大道理,宇宙啊,时间啊,这些摸不着的东西,也突然觉得就这些东西靠谱,坚守在自己的岗位,永远不会离自己而去,躺在床上,想着想着,也就能够安然入睡。被子的味道,还是亘古不变的。

在这个漫长的冬季。

7

我的羽绒服还是送去了洗衣店,我也只能穿上黑色的大衣,外加一条灰色的围巾。在从洗衣店回来的路上,路过一所小学,学校正在上课,操场空空的,绿色的人造草皮与红色的橡胶跑道,在灰色的冬季里格外扎眼。

我走进去,在一排木椅上坐下,点了一支烟抽。天气很好,一点风都没有,阳光暗淡却温柔地照在身上。身后是几棵叶子落光了的白杨树,脚下有一些没来得及清理的积雪。我出神地望着教学楼顶端的大喇叭,有一只乌鸦落在上面。

电话出奇地响起,是好几年不联络的朋友,他在电话那头兴奋地通知我,自己要结婚了,邀请我去喝喜酒。挂了电话,我竟笑了起来,莫名其妙的。教学楼上的大喇叭响起,下课了,一群又一群的孩子涌入操场,我丢掉烟头,起身往回走,路过三条街。

回到家中,打开电脑,一首歌还在那里唱:"我不再让你孤单／一起走到地老天荒／路遥远／路遥远／我不再让你孤单……"一唱就唱了好多年。

我点开 Word 文档,打下第一行字:"不再让我孤单。"

第二人生

1

在谣传世界末日这一年,我辞去了原来的工作,日子一下子变得清闲起来,也一下子觉得空落落的,突然空出大把的时间无从挥霍,整日窝在家中,睡到日上三竿,睡到日落余晖,睡到昏天暗地。有时揉着昏沉的脑袋从床上爬起来,到厨房接水喝,窗外的街景暖黄得让人心动,骑着车子回家的工人,背着书包的学生,背着手买菜的老人,所有人都在准备结束这陈旧的一天,而我的一天却刚刚冒头,那一刻是会觉得被整个世界甩在了身后。

被甩在了身后的人并不急着往前爬,越是脱离人群也就越喜欢独处,隔几日就要去超市买上一大包的吃食,填满冰箱和柜子,再掏出来填满自己的胃。由于懒得梳洗,每次去超市时都要戴上鸭舌帽,把帽檐拉得低低的,穿梭在货架之中。偶尔会想起年少时的自己，为了耍酷，整日戴着帽子塞上耳机不与人说话，那时别人的一句"他真奇怪"都会换来内心的极大满足，仿佛做一个奇怪的、特立独行的、不招人喜欢的人是多么荣幸的事情。

可是随着年龄的增长，就真的渐渐抛弃了自己曾经认为是活下去的全部的事情，想要融入这个世界，怕被抛弃，怕被人说不好相处，怕让他人觉得不舒服，怕与人群格格不入，就连不工作了这件事也不敢正大光明地说出去，似乎一开口，就和世界脱了节。总是想要和这个世界保持一种微妙的平衡感，而维持那平衡感的重量，竟是要努力做得和平常人一样，而这个平常人就是大街上熙熙攘攘的人群，每个人眼中或是光亮或是黯淡，但都发着一种叫作希望或是渴望的光芒，他们目光的焦点是现实的生活，而自己的却总是那么模棱两可。

超市里有一台电子秤，用来称米面一类的重物，去购物时我都会站在上面称体重，每次重量在六十二千克上下浮动，那时会觉得，嗯，不错，原来自己一直都没有变，可是却真的觉得哪里不对劲了。

2

这两年出版了两本书，不好不坏，写了很多文章，有喜欢的也有讨厌的，认识了很多人，也被很多人认识，生活似乎霍然间裂开了一条大口子，充满了无尽的可能。有人在网上留言说喜欢自己，当然也就有人对自己谩骂，有时想要把这些写成忍辱负重的故事，或是风轻云淡的句式，但又觉得还没到达那个层次。于是这一切就这么不上不下地悬而未决，就如同到了这么一个尴尬的年纪，不大不小，没有成熟的资本更没有天真的本分，想要负起些责任可肩膀还不够硬朗，想要继续不管不顾又不得不面对现实。老人们常说的老大不小了，估计就是在说我，而下半句一事无成，还要靠时间来注解。

有时会发现，苍老只是一瞬间的事情，我知道自己还没有到达苍老的年纪，但似乎已经为这两个字在开始做准备。犹记得末日前一年，那一整年自己都在玩耍，谈不上无忧无虑但也算活得惬意，可怎么就猛然间心事重重了呢？饭局酒局还是会参加，同学聚会，朋友聚餐，生日 Party，一点也不比从前少，仿佛这些就是快乐的全部定义。可在狂欢过后，哪怕在气氛最高潮的时刻，也能够轻易地就分了神，轻易地就把自己抽离出来，感觉到这一切的乏味与不可理喻。而三五好友在一起，说得最多的竟也变成了回忆或是感叹，这时间怎么就抽丝剥茧地离去，这世界怎么就把我们推向了如今的境遇，不能说是很坏，但绝对没那么好。有一个女生说过这么一句话："如果我现在十八岁，那我绝对不是现在这个活法。"那到底要怎么活呢？这是一个假设，凡是假设的问题，答案就完全没有了意义。

开始关注自己的身体，开始吃西红柿，开始用防脱发洗发水，开始考虑婚姻，开始牵挂父母。不再憧憬未来，不再大哭大笑，不再意气用事，不再狂妄自大，不再相信自己，不再厌恶自己。恪守着中庸之道，认命，服软，由一个到处伤人的棱角磨损为一个光滑的圆，踢一脚就会滚很远。

3

这一年我去了很多地方，那并不能称之为旅行，只不过是走走停停。我去了很多地图上没有标注的地方，遇到了很多陌生人，发生了一些事情，也记住了一些事情。而大部分的时间都浪费在了旅途上，所以也就分不清旅行和旅途哪一个才更重要，我也着实找不出其中的意义。

不再过分执着地去追究所谓的意义，这也是成长的一部分。

期待的演唱会没有去看，约好的旅行没有动身，向往的爱情变了模样，承诺的事情没有做到，然后把时间都浪费在了看起来毫无价值的事情上，那些或许都不能称之为事情的事情之上。比如散步没有遇到任何人，比如学做几样小菜没有人来吃，比如列好提纲没有写的小说，比如看一本写得很烂的书，比如发一条不可能回的短信，比如面对电脑枯坐一整天……当这样琐碎的事情变成生活的重点，是不是也就代表着毫无进取之心，代表着庸庸碌碌。

有朋友说："你不能再这样下去了，你堕落了，你忘记自己曾经说过要改变世界吗？"

"我说过吗？瞎扯！"是真的不记得了。

同学聚会，回忆起小时候，说起的是关于一篇作文《我的理想》的话题，有当医生的，有当警察的，同学问我那时写的是什么来着？我答科学家，数数天上到底有多少颗星星。还没等他人反应，自己先自嘲道："多傻啊？真是年少无知。"

有读者问我："你是怎么会走上写作这条道路的？"我总会开玩笑道："其实我的理想是当一名歌手，后来发现自己五音不全，所以转行了。"那时真的忘记了还为写作这件事黯然神伤过吗？

有记者问道："莫言获得诺贝尔文学奖了，作为年轻人你怎么看，你幻想过自己的作品有朝一日也会获奖吗？"

回答是，"当然会幻想，年少轻狂嘛！"可你说的真的是实话吗？有过幻想的也是从前的自己吧？被揭穿后还是会自我安慰，文学方面只想着获奖太过于狭隘了。其实是发现那些目标过于远大而默默放弃妥协了吧？梦想这东西要量力而为，梦想这东西说没就没了，如果从前的终极梦想是能出一本书，那现在的又变成什么了？不太肯定了吧？或许是一座大房子，或者是知足无缺。

所以，在不经意间再听到那句"还记得年少时的梦吗"的歌词时，会由衷地骂一句："写词的太他妈多管闲事了。"喝醉痛哭的戏码倒是没有，但也会觉得有谁在心里挖了一下，似痛非痛的。

4

家附近有一座公园，里面尽是些参天的树木，午后的时间里，总会有些老人坐在长椅上，手边是一台录音机，里面传出咿咿呀呀的京剧。

公园的门前挂着一行条幅，红底白字，"吸烟后请把烟头掐灭"。我看着那条幅在风中晃动，想着公园工作人员的良苦用心，在明白禁烟是禁不住的情况下，只能请求吸烟者把烟头掐灭。

去车站买票之前，总是希望能买到一张靠窗户的，可当看到售票大厅排着长龙的队伍，就只好乞求能买到票。

以及，没能买到浅绿色的杯子只好买深绿色的，考试成绩知道得不到满分就只好祈求及格，分不到和喜欢的女生同桌就只能希望坐在她附近，长得不够帅就只好多拥有些讨人喜欢的性格，爱不到最想爱的人就只能找一个与之近似的人……而这些的这些，都有一个统一的说法，叫作退而求其次。

而那些"只能""只好"的事情，就如同高考志愿表上的第二志愿，让人不想要又放不下，最糟的也就是，嗯，大不了还有它，或者是最差还能这样。

那，要是换作人生呢？这样不好不坏不是自己最喜欢的人生，这样不思进取不想争取安于现状萎靡不振的人生呢？是不是就会像破败的落后城镇般，让人不想多看一眼，也如同阳光不够明媚的日子，满心满眼都是堵塞。

那时总会想着，要不世界末日就快点来吧，要不明天也不用到来了吧。

5

前些日子去乡下看望奶奶，孰料大雪封路，就一连住了几日。冬季里天黑得早，长夜漫漫，闲来无事就和奶奶闲聊。她就说起自己这困苦的一生，兵荒马乱天灾人祸都经历过，到头来却也都像是梦一场似的，大多事都记不清了。她又说想要回老家看一看，记得还有一个老姐姐，也八十多岁了。我就说我有时间可以陪你回去，奶奶就说不急，现在天寒地冻的哪也不去，等到春天了，冰雪都融化了再去，去看看就没啥念想了，啥念想也没了。

后来路开通了，我乘车离开的路上就一直在想，到底人们活在这个世界上是为了什么？金钱？地位？名利？还是理想和爱情？那些追求到的东西在死后还剩下些什么？能留下的都变成遗产被分散，留不下的就烟消云散。

那人生在世这一遭图的又是什么呢？我参悟不透。我用手指把车窗上的霜花融化，看到的是一片苍茫的天地，有枯树和野草在风中颤抖。

人活一世，草木一秋，恍然间就明白了这人生不过就是一场殊途同归的路程，而我们总是差一点就能得到幸福。可幸福又是什么呢？是一种怎样的感知与体会？好的、坏的、简单的、复杂的统统都是属于自己的，是别人看不透也摸不着的，是演不出也装不像的，是自己对自己最扪心的叩问。

我在那时就暗暗地握紧了拳头，想着为了……不，什么也不为了，但就是要努力地活下去，不奢求什么，也不强求什么，就是简简单单地行走在天地间，然后细细地体会，体会这让人又爱又恨的世界恩赐于我的所有，体会这呼啸而过的一生里我尽力而为过的改变。

那一刻，恍惚觉得窗外的积雪刹那间融化了。

6

2010年我参加了一个文学比赛，那比赛一直比到2011年，最终我得了第二名，仿佛人生突然间转了一个弯，也如同遇见了第二个人生。

这个人生才刚刚开始，我等着看看会发生什么，有些忐忑，但着实期待着。

深深地晚安

前段时间人在上海，忤在朋友家，某天朋友都出去了，自己坐在沙发上看了一下午的电视，觉得有些饿，便想着弄点吃的，可是冰箱里却什么都没有，就下楼穿过三条街去市场买了块牛肉回来。先把牛肉洗干净，放在锅里添水煮，煮牛肉很费时间，我倒了一杯气泡酒，靠在灶台边喝，在等待的过程中不时地用筷子去扎锅里的牛肉，就有血水从筷子孔里冒出来。差不多四十分钟过后，再也扎不出血水来了，牛肉也变成了熟透的颜色，并紧实了很多。把牛肉捞出来，放进盘子里晾，到了手可以承受的温度时，就顺着牛肉的纹理走向，把它撕成丝状，差不多比牙签粗一点。

丝状的牛肉是用来做汤喝的，稍微在锅里炒一下，加上水和调味料烧开，出锅前再撒点葱花香菜就行了。我撕完那块牛肉后就感觉不到饿了，想着等朋友回来再做给他们喝。我把那盘牛肉放进冰箱里时就想，能够耐心地做一道很费时的菜的人，内心在那一小段时间里应该是很平静的，就想着等自己老了时，也一定要做一个平静的人，那时时光已经把所有的人生大事都包揽，也没有什么可着急的了吧？

如果我老了，若是生活在城市里的话，那我会选择一个僻静些的街区，道路不要太狭窄但也不能太宽阔，最好路边有很多显眼的指路牌和高大的树木，不能是那种老旧的充满生活气息的小区，我不想到老了还整天被居委会大妈卖菜的小贩邻里之间的争执所吵到。房子不用太大可最好也不会太小，要足够装下我这一生所有深爱的东西，要有音乐和酒。

我要做一个很酷的老人，穿着打扮成英国绅士的样子，出门会先整理胡须和戴正帽子，要有一根很精致的拐杖，哪怕身体并不佝偻。我会在家里播放老旧的唱片，喝一杯加冰的威士忌，读一本年轻时耐不下心读的书。我不会养花也不会养狗，年轻时不喜欢是嫌麻烦，年老了是怕它们活得比自己时间长。可能到了那时我仍旧学不会豁达，但至少要懂得不计较，不再去纠正自己人格上的缺陷，也不再去挑他人身上的毛病。我会珍视每一个新遇到的人，和有个性的年轻人交朋友，不批判也不教诲，只是欣赏他们正在做的我年轻时没有勇气做的事。我并不是在说后悔,谁的人生是完美无缺憾的呢?都是走在一条阳光充沛的路上又心心念着淋一场雨。而我要做的只是在人生收官之前,再坦然一些。

  如果我老了,若是生活在乡村里的话,假如我身体还算硬朗,那我会开垦出一小片田地来,种上爱吃的水果蔬菜,从犁地到播种都要亲自完成。我要每天都来看一次它们,再看一次生命缓慢又迅速的成长过程,我会像个孩子一样欣喜于它们每一天的变化,愿望是单纯的风调雨顺,那样我就能等到收获季节的喜悦,和村庄后面一整片麦子爆裂的声响。

  如果我的身体不太好,那我就会每日坐在村口的大树下看风景,看一片云如何飘过头顶,看一阵风怎么拂动松林,看我年少时曾走过的那条路上是否还有人的影子,看一堵墙在岁月的侵蚀下缓缓倒塌。我应该变得很沉默,斗志随着身体一起垮掉,我不会去找村里的老人们喝茶或者下棋,然后说一些没有咸淡的话,这一辈子已经说过够多的话语了,真心的、随意的、处心积虑的、侃侃而谈的,回过头去看,大多都是无用的。我是不想做一个磨叨和爱抱怨的老头,那样会让我觉得整个一生都狭隘了,都白活了,就算有人挑衅我,不够尊重我,我也只会咂巴咂巴干瘪的嘴,吐不出一句狠话,这让我想起脱毛的老狗,在风中被吹眯了眼睛。

如果我老了,身边还有爱人陪伴的话,我会感激这个世界的宽容,也会珍惜自己的运气,我想带着她住在一所靠近海边的房子里。我喜欢海,一直都喜欢,从没动摇过的喜欢,比相信爱情和命运都要坚定。我觉得海能够承载下一生所有的柔情,也能包容下一生中全部的缺憾。

那时我的爱人也应该很老了,海风会吹在她再也舒展不开的皱纹上。假若我的爱人太过于年轻,那我是不会带她来看海的,过于年轻就不会懂得静默的意义,更不会明白两个同样苍老的人在一起时才能够拥有的默契。我会拥着我年老的爱人,坐在房门前的椅子上,让岁月继续在身旁安静地过往。她若是累了我还是会借自己的肩膀给她靠一靠,直到夕阳落入潮汐的深处,礁石在月光下也有了影子。

我不再对她说我爱你,只会在一个没有星星的夜里就着一杯酒说些往事,说这些年世界的变化,世事的难料,命运的无常,和遇见她那刻秋天里的阳光,在往后的人生里久久明亮。

我希望我爱的人比我先死去,那样我就可以亲手把她埋葬,或把骨灰撒向她一生最爱的地方。那里有可能是一湾湖水,也有可能是一座高山,哪怕是我没去过的地方也不必感到惊讶,能有人相伴熬过这悠长的岁月就不该再过于苛刻，作为老人最先学会的是原谅，最后学会的是坦白。

坦白地说，我是有点害怕死亡的，到老了仍旧会害怕，就如同怕黑的人永远克服不了对阳光的热爱，也如同有家的人厌倦了流浪。

我在年老的日子里，一天又一天地等待着死亡的靠近，我觉得它离我那么近，近到伴随着每一次呼吸和心跳，近到触手可及，像终究会遇到的情人，也像高深的预谋，精算着生来的每一步，看似庞杂，出口却只有一个。但遗憾的是，我等了它那么久，却不能看清它的样子。

它会是一片黑暗还是一片蔚蓝？是落日的背影还是黎明前的天光？是午后冗长的睡眠还是深夜里无尽的惊梦？是猛然一击的疼痛还是丝丝入扣的煎熬？是一瞬间的全然不知还是仍旧需要再走一段长长的道路，一直走进寒雾茫茫的混沌之中？

那里会有什么？会有传说中的一切吗？会有审判和刑罚吗？会有轮回和转世吗？会见到一生中先离去却又放不下的人吗？他们还好吗？他们还记得我吗？我害怕被人遗忘，可最怕的是只有我一个人，站在空空的土地上，再过一次比人世还要漫长的年月，这比什么都没有还要可怕。

如果真的什么都没有，连意识也不存在，就如同生命初始的那几年，自身根本感觉不到存在。等于把作为人的一切全部清零，归还给世界，可那么多记忆该怎么办？曾经所有心心念着不想遗忘的，用心珍藏的，不敢触碰的，统统都不重要了吗？

死亡本身是残忍的，可最残忍的是它否定了作为人一生的全部。

但又不得不面对它。

当我老了的时候，除了死亡，应该还会有不想面对的事情吧？会是自己的糟粕还是生活的窘迫，或者是不忍看到嫌弃和怜悯的目光？即便要做一个很酷的老头，但也有力不从心的时候吧？也会时常感到孤独和无助吧？那还会不会哭泣呢？为了亲人爱人的离去，受到了感动和不解，被所有人簇拥和抛弃,那时的眼泪会少了也浑浊了很多吧？却也越发弥足珍贵了吧？

我想在死之前再开怀大笑一场和痛哭流涕一次，我享受大哭和大笑过后的平静，如同乌云漫过山丘时的沉着，也如苍老的身体般安然。我要把在人世间的所有的情绪都梳理清晰，爱过的就是爱过，恨过的依然难忘，忘记的不打算再想起，没忘的也只能放在心里，然后安静地等待死亡的双手扼住我的喉咙，再也发不出声响,再也不为谁难眠。

那时的天空还会是蓝色的吗？那时的世界还会明净吗？儿时的伙伴们还活着吗？院子里的老槐树还会再长高吗？

有人会为我掉眼泪吗？我会被埋葬在哪里？陪了我一生的老怀表还没停吗？树梢上的麻雀还在叫吧？

可这一生就真的这么结束了，这个让我既欣喜又怨恨的世界再不能多看一眼了，还有些话没说完吧？

这一生，没有为世界做出更好的贡献，没有让心爱的人过上更好的生活，很抱歉。

这一生，去过很多的地方，遇见过很多的人，做了自己喜欢做的事情，也该知足。

这应该是所有人临死前都会有的两种态度吧？分不清对错，也抒不清事理，然后都要和这个世界深深地道一声，晚安。

最后一次的，晚安。

少年你可曾知道

　　我的少年时代，有过一段不太美好的经历，这些年来也鲜少和人说起，就连自己不经意地想起那段日子，也是匆忙回避掉，总觉得不去想它就等同于没有发生过。

　　那时由于家庭的一些变故，加之发生在自己身上某些坏的遭遇，导致自己患上了很严重的抑郁症，甚至到了想要轻生的地步。

　　是在冬季刚刚开始的时候，便觉得有些不对劲了，先是觉得烦躁，看不惯所有的事物，别人一些轻易的和自己根本无关的言论，也会激起内心巨大的愤懑，想要和人争吵打架，但内心还残留着的些许理智在极其勉强地控制着，于是乎演变成摔门、砸墙等自我宣泄的方式。别人不懂我怎么变成了这样，我自己也不太能搞得懂，只是觉得这世界一团乱糟糟，满心的失望，如同那些冬日里多半阴霾的天空，风再大也刮不干净。

接下来是整夜整夜地失眠，我躺在上铺的床位上翻来覆去，听着室友的鼾声或是均匀的呼吸声，并没有生出羡慕之心，而是打心底里厌恶，认为那些睡眠都是没心没肺换来的，甚而认定他们都是愚蠢的人。月光偶尔会透过窗子照进来，落在我的脸上，我就坐起来久久地看着它，看着它的皎洁或晕黄，看着被它照着的城市，没有半点的温暖，也没有丝毫的冷艳，死寂一片。

清晨成了最难熬的时光，看着人们都恢复了精力，走廊里噪声一片，世界匆忙慌乱，每个人都在追逐着什么，向往着什么，我却不知该如何面对这些纷杂和希望，也不知该如何熬过这分秒缓慢的时间。我想要背弃时光向后倒退，哪怕再过一遍难眠的夜晚都行。我怕新鲜的事物和问题，我怕有热度的朝阳，我怕晴好的天气，我看够了一切有活力的东西，想着最好来点毁灭性的灾难，这样就能汲取一些扭曲的安慰，我自己不好就希望所有人都统统不好。

学习和看书自然也不再能够应付，还好我坐在窗前，便长时间地看着窗外发呆。身边的人开始注意到了我的不对劲，有了好心的询问和假意的关心，我却又不想与人说起，认为那是无人能懂也无法言说的痛苦，甚而还会被说矫情、没事找事。但这些都已不再能激怒我，我达到了宠辱不惊的境界，内心如一片白茫茫的雪原，凛冽又沉寂。

如今再回忆起来，那时对这个世界的憎恶和想要逃离的决绝心境还历历在目，没有一丁点的虚情假意，认真地认为活着没有丝毫的意义，也看不到关于未来的光亮，丝毫感受不到生活的美好，痛苦和煎熬都单调地并行，且坚定地觉得死亡可以解决一切，没有任何的杂念。

在冬天过了一半的某个黄昏里，我觉得是时候一了百了，我到药店试图购买安眠药，售货员很冷淡地说我们这儿不卖，我从她的眼神中读到了讥讽，竟有些慌乱地逃走了。

出了药店，我面前矗立着一栋六层高的楼房，我以前爬上去看过日落，我一直记得那个微妙的落日，刚下过一场大雪，夕阳在雪上翻着金色的光芒。

要爬上楼顶也并不容易，在楼梯的侧面有一排钢筋焊接的梯子，需要徒手一步一步往上攀登。那天风很大也很冷，刚伸出的手就被冻僵了，但这些也并没有能拦住我。我看着一个捡破烂的老头推着车子慢慢地走过来，想着等他走过去我就往上爬，我并不是在犹豫，我只是担心他是个过于热心的老头，会让我快下来还骂我别捣蛋，我不想再和他纠缠一番。

可我没能等他走过去，却先听到了一声爆竹的声响，我循着声音望去,看到街边是一个小孩子在燃放。他蹲下身子点燃爆竹后,急忙捂着耳朵跑走,又一个爆竹在空中炸响。我盯着那个小孩的身影,心里竟有一丝暖意流过,只这一丁点的暖意,便让我想流泪。

那一刻,我突然意识到自己得救了。

小时候,我住在村庄里,村子很小,三面环山,后面有条河。我不爱到处乱跑,总喜欢一个人坐在门前的榆树下望天,望远山。那时觉得世界很小,山后面河对岸都是远方,一场春汛就能挡住所有的前路,一个牧人归来的黄昏,就是生命中最初的忧愁。

那时的院子大,跑起来才能到门口,下雨天,母亲抱柴火,催着我快进屋,我穿着小雨靴,故意走在水坑里。天晴后,指着天上的彩虹,母亲说指彩虹烂指头,我吓得急忙把手指含进嘴巴里。

冬天清晨冷,我赖在被窝里不起来,看着母亲把棉衣棉裤放在炉火上烤热,然后往我身上套。喝碗热豆浆,背着书包去上学,再放学归来,跑着拉开门,一屋子的哈气顺着门缝往外涌,日子过得暖融融。天一黑,屋子里的灯光最亮,我趴在窗台上,数星星哪颗最亮,从来也不会感到迷茫……

那天我站在钢筋焊接的梯子旁,盯着放爆竹的小孩,一瞬间想到的就是这些画面，让我在那绝望到顶点是浓烈的平静中猛然回了一次头。我知道，是它们救了我，是这些属于美好范畴的回忆救了我，是那个还是孩童的我救了少年的我。

我在寒风中站了很久，没有笑也没有掉眼泪，只是呆呆地看着那个小孩放完了手中的爆竹。我搓了搓冻僵的手和脸颊，掉头往回走，和收破烂的老头擦肩而过。

很多年后，我已长成了大人模样，一直在好好且努力地生活，再回头细数这段过往，还是会有难以抚平的波澜。

我总是想着，如果能回到过去，我会拍拍那个少年的肩膀，告诉他，这个世界并不可怕，到处都蕴藏着春意，你只要用心就能感受得到。未来也一点都不可怕，你只管往前走，你会碰到很多惊喜的人和事，你会不经意地就扬起嘴角。你更不要害怕岁月的流逝，它并没有抛下我们，而是我们踏着它一步步走了过来。

我还想告诉他，往事并不是用来怀念和记恨的，那些在风尘中沥干留下的记忆颗颗珍贵，它能在我们艰难或是浮躁时，提醒和阻拦我们，不要堕入生活的深渊。它也会在我们难过的时候，把我们揽入怀中。

少年，你可曾知道，现在的我也总是会遇到很多艰难的事情，但我从来都没想过要放弃，我总觉得你还站在当年的寒风中看着我，所以我咬碎牙也要扛过去，因为我知道，我一辈子的事都是在做给你看的。

积雨云

有时候我觉得自己只要一伸手，便能摸到云。

最近一段时间，我每天都会乘坐汽车到五十公里外的城市处理一些工作上的事情，一般都是早晨出发，那时的太阳还没有升过街道对面的二层小楼，于是只有微弱的散光打在车窗上，透过玻璃的反射，可以模糊地看到自己的头发上被染上了一层光晕。

由于是清晨，坐车的人很少，我可以轻松地选到靠窗的座位，等售票员打着哈欠卖完票，我便把棉布窗帘拉上昏昏欲睡。

但是我总是在路程的中段醒来，汽车穿越过铁道时的颠簸，像是身体被使劲摇了两下，头便被玻璃撞疼，迷迷糊糊地睁开眼。

那时的我总会有一刹那忘记自己在什么地方，也总会迷迷糊糊地、不满地嘀咕几声。

汽车过了铁道后视线便开阔起来，由于北方草原的春季来得比较晚，可以说是几乎没有春季，在五月的天空下，远处的山丘与近处的草地，还仍旧是一片灰黄，荒凉得有些窒息。无奈，我也只好抬头看云。

春季一般是万里无云的，只有在风雨欲来或是将去的时刻，才能在天空中捕捉到它们的身影，像是一团团没有洗刷过身体的绵羊，白色夹带着黑灰色，很低很缓慢地在头顶行走。风是温柔的鞭。

于是，我总觉得只要自己一伸手，或是轻轻地跳一下，便能摸到它们。

我的工作烦琐而腻人，工程施工后的每一个阶段验收完成后，我都要做出文件找相关部门签字，只有拿到了各个部门负责人的签字，工程才能被认可为合格。可是这文件中有一些部分没什么范本，如设计图案般各有各的发挥，这便让签字时有了等待别人认可的难度。

从一座办公大楼，转向另一座办公大楼，在上下楼梯的时候，我总是预感到自己会摔倒，磕掉两颗门牙，然后还要捂着满是鲜血的嘴巴，低三下四地和趾高气扬的领导们，谈一下工作的事情。

我想，如果真的是那样的话，他们应该就会心软地放过我一马吧？

但是我很走运，我从来没有摔倒过，所以在走出办公大楼巨大的玻璃门后，我会抬头看一眼天空，接着叹一口气。

有时真的真的就是觉得没办法了，无能为力了，但是还是要问一声自己，接下来该怎么办？

从前，当看到电视剧里的主角们，在倍受打击的时候蹲在路边哭，会觉得真是可笑，真的无助到这种程度了吗？有这个必要吗？还会觉得这个人的抗压能力真是有够差的了，真是脆弱，真的不觉得丢脸吗？

可是，当我在一次次地碰了钉子，一次次地被人把文件摔在地上，说："这就是一堆狗屎！"一次次地被人指着鼻子吼道："你他妈的别在这和我废话！"有那么一刻，在蹲在地上拾起文件时，是有想哭的冲动的。

但更多的情绪却是，在别人指着面前的一堆文件说拿回去重做时，我缓缓地在背后握紧拳头，却点头赔笑道："好。"

然后也想着，如果对方再厉声训斥我，我就一个耳光扇过去，说老子不干了！

我就是靠着这种在臆想中报复的快感，才支撑住自己的身体不倒下，然后暗暗地发誓，看吧，你还是很差劲的，但是你要做到更好，那时，他们就没有理由再对你大吼大叫了。

是的，大多时候我都是这么想的。

我是有摸过云的。

在我曾经居住的地方，有一处森林公园，里面尽是参天的大树，那日我们去郊游，路上却下起了大雨，但幸运的是，车子刚停，雨就跟着停了，太阳也很快便露出了脸。

我带着有些兴奋的心情与满脚的泥巴，沿着碎石铺好的山路一直向上爬，途中甚至有一两条小蛇急匆匆地穿过山路，也没能拦住我越发快速的脚步。

于是，当我冲上山顶的时候，我便摸到了云。

可能是我的脚步太快，所以云还没有来得及散去，我在云团的边缘用力挥了挥手，却什么也没有摸到，只有沾了细小水珠的毛孔微微地发凉。我又往前迈了几步，整个人便融入云中，视线也越发不清楚，只有白茫茫的一片，与清晨浓重的雾霭没有任何区别。

但是，它们却因为飞得高，而被称作云。

以前在山下看，雨后总有一团团的云朵飘浮在山顶，遮住的地方就是我现在的脚下。我想，如果我此刻仍旧站在山下，而不是站在云中，那么我能不能看到自己的头顶？或是此刻山下的人是不是错觉地以为，我漫步在云端？

我是想过要漫步云端的，但是当我站在云中的时候我才明白，云朵的浮力太小，而自身过于沉重。

就像是一个永远都触及不到的梦，可是，我真的有摸过它啊！

那天，约一个很难约出来的主任吃饭，他曾经委婉地拒绝过很多回，但确实是有事情求他帮忙，便一次又一次毫无廉耻地向他邀约，于是，那天他终于答应了。

饭局安排在当地高级的酒店，席间我说了无数恭维的话语，敬了一杯又一杯的酒，在酒过三巡后，主任终于露出了笑容，我觉得事情有眉目了，便又与他和他的下属喝了几杯，我就喝多了。

在卫生间吐过之后用凉水拍了拍脸，强忍着难受把他们一一送上了车，临上车前我拉住主任笑着道："那，那件事就麻烦您了。"主任表情平静地道："好说。"然后钻进了车里，我冲着远去的车辆挥了挥手，自己蹲在路边，傻傻地坐了很久。

可是第二天，当我胸有成竹地拿着文件去找主任签字的时候，他却摆出一副不认识我的嘴脸，冷冷地道："这样做不行。"便走进了会议室。我愣在原地，看着会议室的门砰的一声关上，恍惚觉得自己只是做了一个梦。

那天我就站在会议室的门前，盯着发白的墙壁，觉得这个世界好像哪里出了问题。

后来一个工作人员看到我站在会议室门前，语气很不友善地对我说道："别站在这里了，该去哪就去哪，别妨碍我们工作。"

我缓慢地让目光在他脸上掠过，很想给他一个讥讽的微笑，但是我根本笑不出来。

2004年的时候，周杰伦发表了新专辑《七里香》，当时看一个音乐栏目，在播放完《七里香》这首歌的MV后，主持人说道："别人唱歌都是低着头，只有他唱歌是仰着下巴，以前他也不是这样啊，人红了就是变得快啊。"

过了七年，身边越来越多的人知道我开始写文章了，一般的人都是抱着祝福的心态看待这件事情，但是也真的会有一些人时不时地在我耳边说道："哟，出几本书了？发给大家看看。""怎么当作家了还上班啊？怎么不回家待着去？""你觉得写作是件正经事吗？""你觉得自己写的东西有什么意义吗？""你能让这个社会变得更好吗？""你们写东西的人就是吃饱了撑的。"等等。

我总是在想，或许这个世界真的有些事情我们无可奈何，就像这些有意或无意的中伤，如同种子般种在了我们的心上，无论这期间过了多少年，无论我的人生有过多少改变，但最初的那种情绪却从来没有变过，一直生根发芽茁壮成长为倔强的花蕾。

那天我终究还是没有等到主任出来，在那位工作人员讥讽的目光中转身下了楼，推开办公大楼的门，便与风撞了个满怀，是又要下雨的样子。

天空中大团大团的积雨云慢慢地靠拢起来，试图拼凑成一场大雨，倾洒向人间，就像是胸口闷了太多的怨气一般，总要找个时机倾吐一番，才不能酝酿成持久的悲哀。

后来，经理亲自出马，不知用了什么更适合商场的手段，让主任把字签了。当他把签过字的文件扔在我面前并嘲笑我没有办事能力时，我真的就觉得这个世界好像哪里出了问题。

那天晚上我加班至凌晨，一张又一张地继续做着新的一批文件，凌晨安静的办公室里，只有打印机的声音嗡嗡作响，有那么一刹那我突然觉得自己是抛弃时间空间而存在，所以那样也会觉得自己不是真实的自己。

如同在太阳底下没有了影子一般的恐慌。

我真的比别人差吗？我应该没有做错什么吧？我一直这样不停地问着自己，像是犯了弥天大罪般深深地自责，而在无数次的追问后，也就忽然明白了，在这个变形了的世界上，光是努力是没有用的。

这样想明白了的自己，应该也不是真实的自己吧？或者正在朝着自己鄙视的自己前行，且是义无反顾地想要融入腐化的人海，没有人拉住我。

雨还是落下了，洋洋洒洒地落在地面上，积成一摊又一摊的水洼，彼此不分你我。只等待下一次的阳光普照，

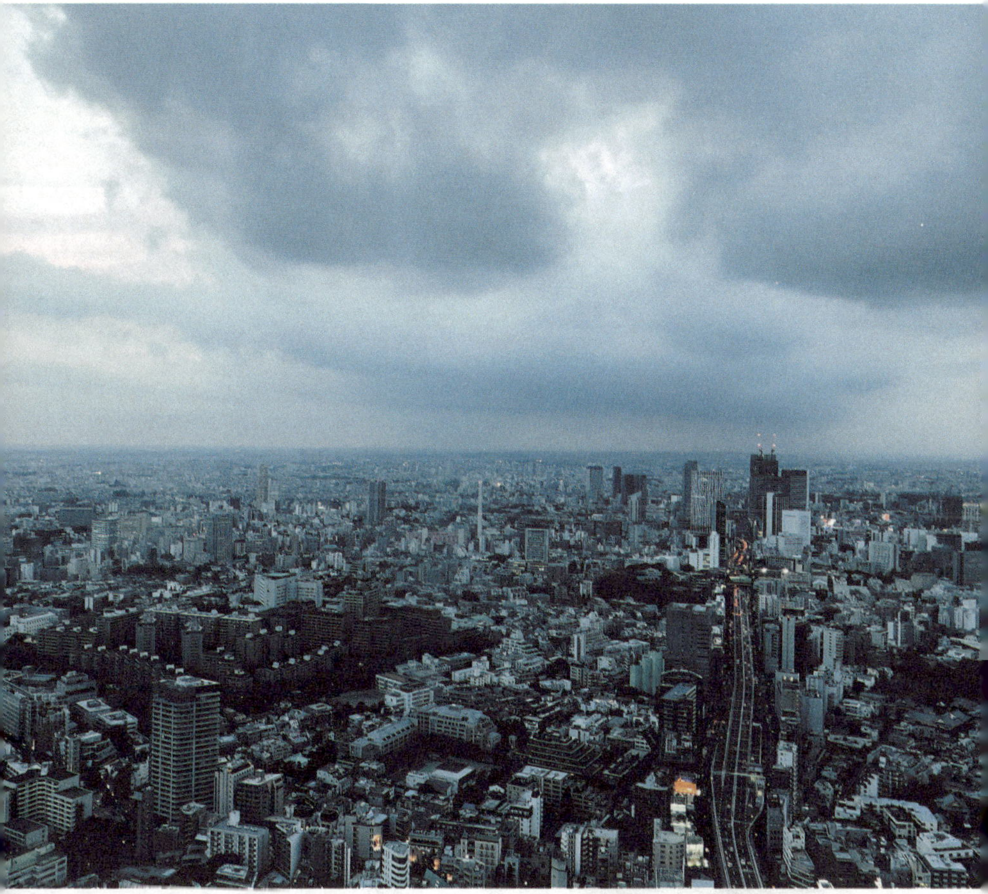

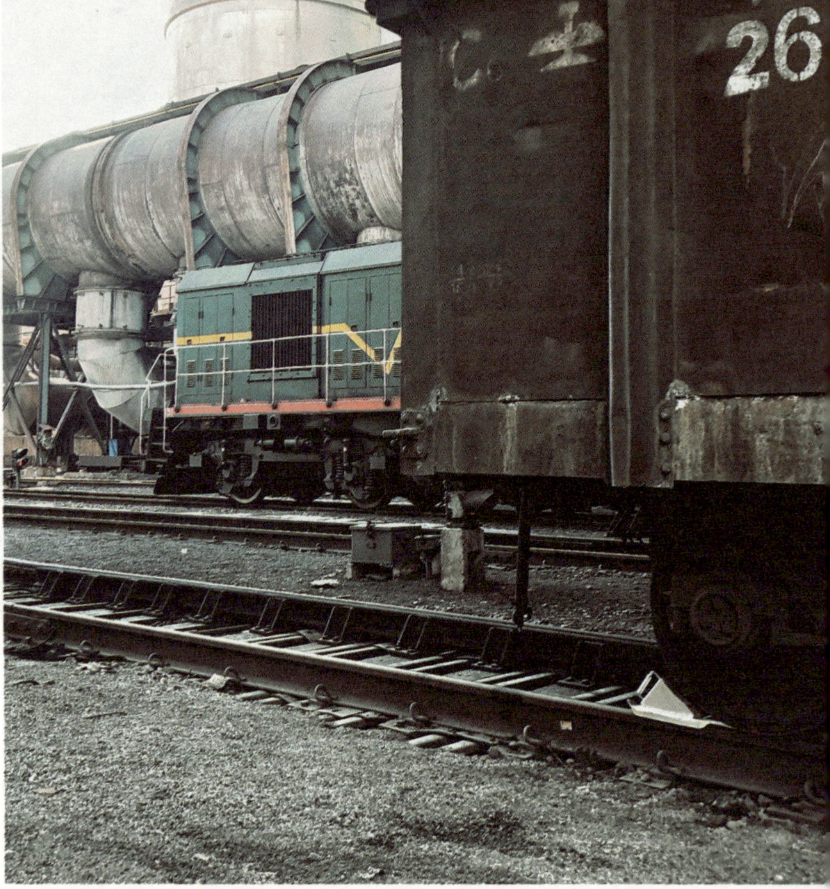
瓦
26

把它们又带回了天上，慢慢地，聚集，聚集，飘飘荡荡到又一个干渴的领域，循环着永不知疲惫的宿命。

可是后来下了一场雪，在北方的这里，每年五月都要下一场雪，骤然变冷的天气纵然不会持续太久，但我还是换回了羽绒服。

我哆哆嗦嗦地抱着一盒文件去签字的时候，天空中大着肚子的云朵正在缓慢地散开，但是我除了叫它们积雨云外，仍旧找不到一个新的称呼。

——原来，它们还可以让更加寒冷的物质降临，只是它们被粉饰成了美好的幻觉。

这些幻觉在我的世界里一点点堆积，用白色掩埋了所谓的纯白岁月，我在茫茫的雪原里一杯杯饮尽人生的风霜，心脏里是一个冬天永远不会过去的夜晚。寒冷浸入骨髓却如人饮水冷暖自知。世界冷得如同一个冰窖，它用它的法则告诉我，在你真正成功以前，是没有人在乎你怎么成功的。

而当我抱着那盒再一次被退回来的文件等汽车时，看到一列火车在高出房屋的路基上，飞快地穿梭到远方。此时南方的天空都开出了初夏澄澈的蓝光，而我一抬头，看见的还是布满阴冷天空的积雨云。

火车呼啸着消失在我的视界里，那一刻，我很希望它能够带我走……

凉风有信

1

空气好像一下子就凉了,也没看见有叶子掉下来,其实是窗子对面那棵树早就死了,一整个夏天也没能长出一片叶子来,可还总是有很多老年人坐在下面下棋或是打牌,怡然自得的,有时也闹哄哄的,就快赶上一旁卖西瓜的小贩了。不过小贩也不会再出现几次了,那天买西瓜的时候,小贩对我说,这是今年的最后一批西瓜了。

闹腾了一整个夏天的早市元气也不那么足了,早起的露水把人们的热情都冰住了,天一天比一天亮得晚,人们更愿意翻个身多睡几个小时。于是,原本那些卖鱼肉的,卖应时蔬菜的,卖豆浆油条的,统统消失不见了,只有一个卖馄饨的摊位,仍旧赖在那里,在第一缕阳光落下来之前,冒着热气,暖暖的。

我有时在睡不着或是早起的清晨，打开窗户，探头望下去，看着馄饨摊那团白气，会恍然觉得那是一团浓雾，很小的一团，孤立无援的，风怎么吹也不会散，就像生了根似的，也像被困住了似的。我就想着，等哪一天一定要去吃一回，不管它好吃还是不好吃，反正就是要去，哪怕只是坐一坐也好。我不知这样做的目的何在，可能也只是想要留住些什么，我有时也不太能够理解自己在某一时刻的心血来潮。

可那碗馄饨到底还是没有吃成。

因为隔天清晨，我再推开窗户的时候，发现卖馄饨的摊位不见了，那团雾消失在了上一个黑夜里。

我也就知道，秋天真的来了。

2

前段时间我去了几座城市签售，那是我人生中第一次参加签售会，我很紧张，却装作很轻松，故意和身边的其他作者说说笑笑，也故意把字写得很用力，然后便不断地能够听到读者很热情也很拘谨地说："我最喜欢的人就是你。"我不知如何回应，只能笑一笑或是把头低得更深。

后来我总是在想，什么样的喜欢才能被称作"最喜欢"呢？就像我和你，分分合合了这些年，仍旧不敢确定你最喜欢的人就是我。我是不是想得过于复杂？要是不喜欢为什么会分了又合？可要是喜欢，那又为何会分开？我猜不透爱情这东西，也猜不透你的心思，就如同我也猜不透自己一样。

那天签售结束后我和其他的几个作者去了海边，已经是夜了，一轮满月很模糊地挂在天上，我脱得只剩下一条短裤冲进海里，海水很凉，浪也很大，我不会游泳就抓着海里护栏的绳子，可一个浪拍打过来我还是灌了满嘴的海水，咸咸的，很不是滋味，就如同爱情腐坏了的味道。

那时我确定想着的就是你，但是我却在回去的路上和身边的人讲起了另外一个人，就如同讲笑话一样逗得他们一直笑，这有点不道德，可那个人只不过是生命中的一个过客罢了。要知道，我是从来不会把你当笑话讲的，连提都不会提起，我害怕一说，你就变了样子。

几天后我去了北京，你正好打电话过来问我在哪里，我反问你在哪里，你说在北京，当时我的心就狂跳起来，你又问我是不是在北京，我说谎了，我说没在，我在老家。然后你就说了些来北京办事的事情，我也就胡扯了一些家里的天气，不了了之地就挂断了电话。

我们有很长时间没见面了，我不知道我们现在是在一起还是已经分开了，只是我们已经不再说爱这个字了，就让它在那搁着，谁也不去碰它，好像一碰就连现在的关系也维持不下去了，我也就不敢再确定我们是否还相爱，或者说我还爱着你。

只是在这些我们分分合合的日子里,每当别人问起我的近况时,我总是笑着说:"我没有女朋友。"但我确定,在说这话的时候,我心里是想着你的,或是只要一谈论起爱情这个话题,我脑子第一个冒出来的,也一定是你。

这还算是爱情吗?

3

我是很喜欢秋天的,但最反感的其实也是秋天。我喜欢在这样微凉的夜晚里散步,月亮也总喜欢在这个季节圆,可是,总有些说不出的惆怅一直在那里绕啊绕的,绕得人心烦意乱。我有时实在太烦了,就站在路边抽根烟,想一些事情。生老病死的,世态炎凉的,总之都不是些好的事情。当然有时也会思考一些生活中的琐碎,比如坏掉的洗衣机明天一定要叫人来修,床单被罩也该洗了,给奶奶买的镇咳药明天记得送回去,在自己那放了很多天了。新小说写了一个开头,是不是要坚持继续写下去,还有自己也该添一件外套了。

当我抽完那根烟时,我觉得幻想和现实已经混淆了。

我总是不能把幻想与现实区分开来,终归会有些现实的事物掺杂进幻想的故事中来,这也就让幻想不那么纯粹。就如同幻想小说一般,没有人能凭空架构出一个世界来,哪怕架构出了一个世界，那人也还是人，还是要吃饭说话谈情说爱。只要有人出现的故事，就不是完全的幻想，只不过是基于现实的再创造罢了，因为人就是这个世界最本固的现实。

这么说就有了些悲凉的味道，就如同这个季节的每一寸空气，一口一口地吸进肚子里，体温也就跟着凉了下来。

最近我把散步的地点从家附近的公园改到了附近的街道，并没有太复杂的原因，只是天黑得越来越早了，太阳一到下午五点就没了精气神，但六点钟一到，路灯就准时亮了起来。跟随着路灯亮起来的还有楼下大排档的一整排灯光，它和早市一样也热闹了一整个夏天，现在仍旧在坚持着，哪怕冰镇啤酒卖出去的越来越少，灯光下的飞蛾也不见了踪影，可仍能见到穿上了外套的老板娘，坐在桌子旁说说笑笑，偶尔也沉默不语。

我在散步回来的时候，只要看到这一整排黄色的灯光，就莫名地安心了。

没来头的，说不上原因的，就如同那秋雨，说落就落了下来。

4

接连下了几天的雨，我买了一把新的雨伞，但质量太差了，那天风大，一吹就坏了。

楼道里的声控灯也坏了，单元的对讲门也坏了，居委会的老大妈上门提醒进出要关门，否则就要遭贼了。但我进出却仍然不想着关上那一直敞开的对讲门，想着这样就会有人尽快来维修了。可物业一直无动于衷，倒是把楼前的垃圾桶换成了新的，害得我每次扔垃圾的时候都要思考，到底哪一个是可回收的，哪一个是不可回收的，周迅和陈坤在广告里讲得并不太清楚明了。

在下雨的这几天我感冒了，一直没吃药，想着挺几天就会好的，整天披着被子窝在沙发上看电视。可是这次感冒很严重，一直也不见好转，就拖着沉重的身子买了一堆药回来吃，但还是怎么也不见好转，就又去医院挂了吊瓶，这才算恢复。于是，那天从医院回来我就想给你打电话，让你注意一下身体。

可我犹豫了很久还是没拨出电话，我知道自己在犹豫什么。又过了这么长时间没联系了，我们这次应该真的是分开了，我也不该再对你施以关心，也不该再听到你的声音。经过了这些年，我是应该把你放下了，哪怕有不舍，哪怕有不甘，但也着实该认真思考一下了。

近两年，我也试着去谈过几次恋爱，但总是不能全心全意地对待，总是不能够认真地爱上对方一次。我总是拿别人的短处和你的优点进行对比，总是在牵着对方手的时候想起你的温柔，所以我比任何人都要清楚明白，只有把你放下我才能开始新的人生，只有把你忘记我才能重新开始一次恋爱。我不能再因为你把自己耽搁了，我们也就不要再彼此束缚了。

那么，就从现在开始吧！

我下了很多次这样的决定，这次是最认真的。

5

天空放晴后风却又凉了一些，我在散步结束后去了超市，买了些吃的和日用品，拎着东西往回走的时候，风把塑料袋吹得哗啦哗啦响。走到楼下的时候，突然觉得有些不对劲，本来该灯火通明的大排档今天没有出现，那一整条街道就那么空荡荡地躺在那里，没了桌椅，没了棚子，没了一盏又一盏相连的灯泡，也没有了人来人往，只剩下一些残留的垃圾在风中翻飞，望眼过去满是苍凉。

我的心也跟着沉了一下，就如同有些东西被强行拿走了一般，唐突的，措手不及的。

可在这个世界上，没有什么事情是绝对突发的，总会有些微小的预兆在人们没有察觉的情况下悄悄地在告知着，悄悄地在改变着。正如这深深的秋意，在凉风第一次拂过时就带来了消息，也正如你我分开之前，那一次微妙地皱眉。

于是，什么也都不必多说了。

我把身上的衣服裹得更紧了些，想着真的已经是深秋了。

Chapter 2

他方

热带往事

1

白色的墙面，似乎很久没有粉刷了，上面沾了些小昆虫的尸体，已经干瘪了。红木色的地板，有几片与地面贴合得不太严实，踩在上面，咯吱咯吱响得人心烦。我坐在电脑桌前打电话，一边打一边无意识地抠着掉漆的桌角，越抠那斑驳的地方就越大。木质的椅子，连坐垫都没有，坐久了实在不舒服，我站起身，踱步到床边，顺势坐在了床上，可床垫也不太柔软，我的身子轻微地往下一陷，就被硬实地托住了，心里也随着电话那头琐碎的内容一起烦躁起来。

我干脆躺在床上，半放弃状态地听着那边把话终于讲完，看了下通话时间，四十多分钟，能记起的重点不超过十句话，内心就又升起一些懊悔来，这种低效的沟通总是让人产生隐隐的挫败，浪费了时间和精力，以及对事物本身的热情。

　　这是开始做编剧以后，时常会面对的问题。但是慢慢地，除了沮丧和愤怒外，也摸索到了一些自我纾解的方法，那便是，不过于陷入其中，不过于坚持审美，不过于表达自我，不过于苛求认同，只把它当作一项普通工作来看待，这样至少能免于心碎与心死。

　　在心里转了这么一圈后，我的心情平复了很多，攒了些力气从床上起身，来到窗前，拉开紧闭的窗帘，一瞬间，阳光落在我眼前，炫目刺眼，待片刻后，眼睛适应了那明亮，便彻底愣住了。

　　在湛蓝与流云下，是一栋栋法式建筑的屋顶，在屋顶旁，几棵巨大的棕榈树撑开阴凉。属于热带的气浪，此刻也扑面而来，我也从恍惚中回过神来，此地原来不是北京，而是越南。

　　我怪那一通电话，把脑子都搞混沌了，可心里明白，也不能完全怪那通电话，近两年工作确实过于忙碌，那种清晨从酒店的床上醒来，一下子忘记身在何处的感觉，也经常发生。

　　所以，我是为何到了越南呢？确切地说，是为何在那些忙碌的日子里抽身出来，到了越南南部的这座叫作胡志明的城市呢？

我在那盛大的日光下，想了想。

2

在我朋友的嘴里，胡志明不叫胡志明，而是叫西贡。就是杜拉斯笔下，《情人》那个故事的发生地，十九世纪被法国殖民的迷乱之城。相比于胡志明市这个带着浓厚政治色彩的名字，我也觉得西贡要好听许多。

我这位朋友也是以写作为生，在我转行写剧本之后，他还在坚持写小说。前一年春天，我和他在北京租的房子先后到期了，他便提议我俩合租一个大一点的、好一点的房子。

我一个人在北京住久了，也时常感到孤独无聊，觉得和朋友住在一起，写写东西聊聊天挺不错的，便答应了他。于是我俩在北京的东北四环附近，租了一个快两百平的房子，可刚搬进去没几天，我的工作便开始忙碌了起来，频繁地四处奔波，一年加起来在那房子里也没住上一个月。

转眼又到春天，我有天出差回来已经是深夜，朋友还没睡，一个人坐在偌大的客厅里，我们当初搬进去时买的那台巨大的电视机还开着，可他并没有在看电视，只是任凭电视上的画面，把他的脸颊照耀得明明灭灭。

然后，他幽怨地转过头说，我要起诉你。我说，哈？为啥？

他说咱俩当时说好的是合租，但是你却常年把我一个人扔在家，我要向你索赔精神损失费。

我说你神经病吧，这么大的房子一个人住不是挺好吗？我都没住几天，不少交房租就不错了。

他说，这房子一个人住太大了，我大部分时间都只待在自己的卧室里，其他几个房间我从来都不进，就这客厅的沙发，我也是一个多月没坐过了。

我细想一下也挺可怜的，他的感受被认同了，接着滔滔不绝，说这房子风水不好，虽然窗外正对着香港大师弄的八卦阵，但可能旺的不是写作运，搬进来一年了，他一本书只写了个开头就再也写不下去了。

我说我也是，甚至连你都不如，你还写了个开头，我连腹稿都没有。他说你上一边去，你在写剧本，哪有时间写书啊。

我想想也是，说那你打算怎么办啊？合同还没到期呢，退租是要赔违约金的。他说他要去旅游，找灵感。我问去哪？他说去越南，西贡。我问为啥？他说自己写的这本书有点杜拉斯《情人》的风格，所以想去西贡，入住一下杜拉斯当年住过的酒店，看看能不能让杜拉斯附体，帮他把书写完。

我说太荒谬了，但是听起来很像一个作家能干出来的事，我支持你，你去吧。

他说你要不要和我一起去？我问啥时候？我可能没时

间。他说那先把签证办了，到时有时间你就去，没时间我就自己去。我说行，便把护照交给了他，一周后，就收到了签证。

然后他开始计划行程，订机票订酒店,而我又离开北京，接着四处奔波。眼看着他出发的时间就要到了，我却因为工作太累生了一场病，连续发高烧好几天都不退，吃药打针折腾了一星期，终于不烧了，但体重却一下子轻了好多，回到了二十出头最轻的时候，身体也一直虚弱着，恢复不起来。

我那天在上海的会议室里，虚弱地开完手头的最后一个会，站在窗前看着夕阳沉入高架的另一端，庞大的悲凉感涌上心头，那里面包含着疲乏、无力和诸多的委屈，甚而产生了许多关于人生意义的消极情绪，然后我掏出手机给朋友发了条简短的信息：越南，我去。

3

朋友从北京出发，直达西贡。我从上海走，却没有直飞的航班，要在香港转机。当天夜里香港遭遇恶劣天气，飞机在空中好几次大跳，我眼看着推着餐车的空姐突然腾空飞起，又狠狠地跌落在地上，脸颊都剐蹭出了血。

整个机舱里一片尖叫声，我也吓得够呛，两手紧紧攥住安全带，脑子里却是一片空白，连那恐惧的情绪也都是苍白的，没有其他更宏观广博的思想顿生。

直到飞机渐渐平稳，我才又注意到了自己的呼吸，一吐一纳，身体又有了起伏，松开安全带，手心都冒了汗。后排两个女生开始心有余悸地探讨刚才的一幕，紧接着又聊起了综艺，好像小事一桩，只值得提起三五句。

我却没有那么好的心态，等到落地香港后，那几次空中跳跃的心悸仍旧难以挥除，甚而还生出了打道回府的念头。可一想港澳通行证签注过期了，连这个机场都出不去，就算回去还是要坐飞机……便咬咬牙，又登上了去西贡的航班。

在登机前夕，我从包里翻出了之前因睡眠不好开的安定药，吞了一粒下去，以至于一靠在椅背上，就昏睡了过去。可那睡眠也不是十足踏实，飞机的每一次颠簸都在梦中呈现，演变成一些奇怪的噩梦，一会儿是云端踏步落空，下一刻又散步落入枯井。

童年里养过一只黑猫，每天夜里钻进我的被窝睡觉，此刻变异得巨大，双目放光，亮出尖利的牙齿，叼住我的后脖颈，使劲摇晃，我被甩得胳膊腿乱飞，身体就要散架，用最后的力气一挣脱，醒了，飞机已经落地了，也滑行平稳了。我出了一身的汗，机舱的空调却有些冷，扭头看窗外，昏暗的机场在深夜已经闲歇下来，远处空旷的跑道一排地灯发着微弱的光，再使劲往外看，是一座异乡城市遥远的灯火。

我把手机打开，换上办签证时赠送的越南电话卡，打给朋友。朋友说你可算到了，我在机场等了你好几个小时，都想躺在行李传送带上睡一觉了，你的飞机怎么晚点这么久？我说有吗？没注意到。他说你快出来吧，我还在取行李这边等你。

我和朋友在取行李处会合，拖着行李一出机场，热浪瞬间把人包裹住。我脱了外套塞进行李箱，朋友预约的车还要等一会儿才到，我往一旁走了走，到吸烟处吸烟。

空气里的水汽太多，每一口烟都抽得绵稠，热带特有的无法描述的味道，也混合着烟草味一起灌进肺里。抬眼看着这异国的建筑和陌生的人类，置身之外的遗世与孤独缓慢回拢，那是与人群久处所丢失的感受，也是我一直在提醒自己要保护的警醒，在碌碌营营的生活里，它们离开我很久了。

朋友预约的车终于到了，我们把行李搬上车，直奔大陆酒店。机场到市区有些距离，车子从光亮开进黑夜又逐渐灯火通明，我的头靠在车窗上，看着这一路的明灭起伏，却始终没有一种我已到了西贡的确定感。

这和人生的某些阶段很像，到了某个年纪，就不会再觉得什么事物是确定的，一切都模棱两可，含糊不清，誓言和谎言都是同一种语言。

我不愿再多想，看着路程还有一段，便闭上了眼睛。

4

思绪到这里就接上了，我从那盛大的阳光中退身回来，关上阳台的门，窗帘却敞开着，让我隔着那炎热也能看到明媚饱和的风景。天边有大团的积雨云缓缓滚来，却不是那种确定会下雨的情境，感觉它们就应该出现在那里，走一阵，洒下一些凉意，再收走一些时光，化作另一种形状，飘到天的另一头，再找机会绕回来，循环往复，日日更迭。

门铃声响起，朋友戴着个大墨镜出现在门前，他问要不要出去逛逛？我问他昨夜睡得怎么样，杜拉斯有没有和他相会？他说别提了，气都气死了，这家酒店杜拉斯好像根本没有来住过，只是在文章里提到过而已。

我笑他笨，这都能搞错，要不要换一家杜拉斯真的住过的？他说算了，房钱付了好几天的，又不能退，对付住吧。他说完又抱怨，这酒店外表那么漂亮，里面怎么这么破，走廊也阴森森的。我说确实是，我管服务员要个驱蚊喷雾都没有，早餐也难吃得要命。这下换他来安慰我，说行了，咱们也就住几天，坚持一下就过去了。

关于酒店的话题，我俩就不再聊下去，我一边换衣服一边问他去哪里逛，他说带你去你老家。我疑惑那是哪儿？他卖关子，说到了就知道了。等出租车停靠在路边，我俩下车，矗立在眼前的是一栋破旧的楼宇，每一间窗外都挂着咖啡馆的招牌，粗略一数，至少有几十家。

朋友说，这栋楼叫咖啡公社，你看这楼的建筑风格，是不是和你老家东北那种老工业城市很像？

我说还好吧。走进去后，却彻底愣住了，那黄绿色的墙裙已经斑驳，像藓一样小片小片地剥落。水泥材质的地面，坑坑洼洼，岁月在上面留下跌打的痕迹。木质的楼梯扶手，一部分被抚摸得异样光滑，另一部分顺着纹路裂开缝隙，一年又一年的灰烬填进其中。拐角的窗子也是木质的框，玻璃有几片漏了洞，风一吹，跟随着窗框吱呀吱呀地叫唤……

朋友说，我说得没错吧？这像不像你老家？

我说不像我老家，但像我小时候。

记忆见缝插针地闯进脑子里，一进来就挥不走了。童年时小镇上有一家供销社，三层楼那么高，如果没记错，门头上除了供销社三个字，还有建成日期1981以及一个鲜红的五角星图案。

小时候母亲带我去那里买过几次东西，高高的柜台，售货员站在里面，总是一张严肃的脸。那里面卖一种叫作炉果的点心，长方形的小条装，黄黄的，像个小金条。母亲每次只买一点，售货员用手提的秤称重量，准星在他手上，秤杆子低一点高一点就差了好多。

长大一些后，我自己去那里买过一双棉鞋，那时柜台只到我的腰了，售货员也和蔼了许多，可能是老了。柜台外是被擦得湿漉漉的水泥地面，干涸得起了灰，木质的楼梯扶手，被蚂蚁蛀得扶不住人了。我左挑右选了一双鞋后，直接穿上，把旧鞋装在新鞋的盒子里拎着。一出门就被冬天里的寒风撞了个满怀，我拎着那双旧鞋走在冰天雪地里，走着走着，那双鞋就丢了……

5

我和朋友那天随便进了家咖啡馆，在阳台上找了个位置，点了越南最出名的滴漏咖啡，然后在那咖啡滴漏的漫长过程中，摆出一种浮生半日闲的姿态，各掏出本书来看。我那段时间随身携带的是一本讲海明威在巴黎的书，没有整片的时间，就只能见缝插针地翻一翻。

印象深刻的是当年他的妻子搞丢了他刚写好的全部书稿，他过了几十年才慢慢原谅她。当然书中更多描绘的是他在巴黎过的那些贫困又奢靡的日子，一段旅程几场醉酒艳遇，混乱的男欢女爱，套一个圣经的句子，就是"太阳照常升起"。

我无从考证作者所述的真伪，只是在那些描述里，仿佛看见了一幅午夜巴黎的文艺画卷，文学鼎盛时期作家们的艺术人格，以及法国南部的热烈阳光，照在那些浪漫的体质上。他们一生都在执着一件事，也有过退缩和迷惘，但后人来看，都是无须彷徨。

滴漏咖啡终于滴漏完了，我加了些冰块进去，搅拌几下，那杯底的炼乳就和咖啡融合在一起，让咖啡有了些醇厚的质感。喝一口，却甜腻得有些不适应，要再多喝几口，才会品尝出一些特别的风味来，但也说不好是哪里特别，大概可以笼统地归因为寻常生活之外的体验。

朋友还在慢悠悠地翻着书，戴着墨镜的他，不知道会不会影响到阅读。我起身到阳台的另一侧吸烟，趴在半截身高的窗台边，眺望这座城市，一半是法式风格建筑，老虎窗开在孟莎式的屋顶上，廊柱雕花线条下的东方面孔，一打眼就是被殖民过的烙印。另一半却是仿苏式的建筑，四方规整的盒子，红瓦铺叠的屋顶，粉刷在门头的五角星，多年风雨已褪去了鲜红的底色，是就快被时代所抹掉的痕迹。

这是两种风格的割裂，也曾是两种政治体系的对立，现如今，却又杂糅在一起，构成了西贡特有的风貌。

我又难免想起自己的故乡，在高速发展的如今，它被其他地区逐年地甩在身后，却也在顽强地日新月异。我这些年回去的次数越来越少，间隔也越来越长，我在每次回去时，都能见到新盖起的高楼与又不见踪影的老厂房，土地仍旧是那片广袤的土地，只是上面的建筑在不断更迭。和人们的心境一般，曾经如钢铁入炉，满心火热，如今四方流窜,一地苍凉。

偶尔无意漫步在某个偏僻的街区,又看到那荒草之中的老建筑,玻璃早就被敲碎,几片木板钉在窗前,示意并不是无主之宅,却永远等不到主人归来洒扫庭除。黎明即起,故人都不知身在何方。

我深知,历史的滚轮要履带不停,滚滚向前。却又矛盾地希望,万事都留有痕迹,以供乡愁。

6

我们离开咖啡馆之时,成团的积雨云终于抵达,利落地下了一场雨,我和朋友站在楼下的屋檐下等雨停,看着慌张的人群四散开去。成群的摩托车倒是无处避雨,骑车人的头盔上就溅起了一朵朵雨花,红色的信号灯,堵住了所有去路。

朋友说你看这里,是不是也很像二十世纪九十年代的广州,一切都很混乱,但又满是机遇,生机勃勃。

我仔细思考他的话,就想起一首老歌《风中有朵雨做的云》。娄烨有部电影也用了这个名字,我在电影院里,看着城中村拆迁户们和政府部门的抗争,一片混杂,蝇营狗苟,人性的贪念显出疮相,几场大雨都冲刷不净。

等路口的信号灯,变换过几次颜色后,那雨就突兀地停了,积雨云被风席卷离去,夕阳在远方建筑物的顶端,埋下了半个身子。我看着潮湿的街道,人间又被洗刷过一轮的清澈,热气也被驱赶至楼宇背后,伺机着席卷重来。

朋友说,我们去夜市走走吧。我对旅途中的行程,向来没有执念,只要这副身躯不疲惫,去哪里都好。他用 Uber 叫了辆车子,冷漠的司机一路载着我们到了夜市,下了车天就彻底黑了下来。

夜市的灯光代替了太阳,把日子重新照亮,看起来人间烟火,却没什么好逛的。从头走到尾,都是流俗的纪念品和街边处处可见的小吃,我和朋友对这些都没什么兴趣。

草草走了一圈,没买任何东西,却也饿得心慌,便在附近找了个地方吃晚饭。随意点了几道看上去不错的菜,吃起来也只是平平,我们一致认为,越南除了 Pho 以外,没什么可称得上是美食的。这观点虽有些以偏概全,但旅行向来都是主观的行径,别人的经验无从考量,也不具备特别的参考价值,如这人世行走一遭,凄风苦雨还是穰穰满家,都是个人感知,他人身受不来。

我们那顿饭,吃得久了些,由于无趣,也可能是想要多歇歇脚。我喝光了一瓶啤酒,又要了一瓶,慢慢地呷着。朋友捧着个新鲜的椰子,出神地看着门外,一些下了班或是根本没有工作的本地人,一排排坐在街边,坐在没有腿的椅子上,喝着咖啡,闲谈或沉默。

朋友说,你看,他们多爱喝咖啡啊,夜里还在喝,不会失眠吗？我说可能身体习惯了吧，就像那些中午就开始喝酒的人，也从来不担心一下午的不清醒。

朋友把椰子放下，说我们回酒店吧。我看了看剩下的半瓶啤酒，本想干掉，但也突然不想喝了，就把它留在了桌子上。可出了门，朋友又改了主意，说想继续在街上走走。

我不懂他心念为何转弯，但自己也想多吹吹这晚风，虽已是深夜，气温并没有下降很多，可某几个瞬间，还是能感受到一丝丝的凉爽，像童年的夏日里，掀开地窖一刹那散出来的冷意。

西贡午夜的街头，除了游人聚集的夜店酒吧区域，都已渐次安静下来，我和朋友在河边找了把椅子坐下，他的手机开始不断地有信息钻进来。我疑惑这么晚怎会有那么多人找他？他幽幽地说，过了十二点就是他的生日了。我竟忘了这日期，有些抱歉，说明天请他吃饭，问他想吃什么。

他没回答我，只是用分不清情绪的语调说，这边比国内晚一小时，如果我在国内，就已经三十岁了。

我开玩笑说，你多赚了一个小时。

他不理我，自顾自地说自己十八岁时，一个人来过越南，这次来就是想在三十岁到来前，再看一下过去的地方。但是这几天下来，却发现一点当年的感觉都找不到了。

他话说到这里，就不再说了，而是开始一一回复那些生日祝福的信息，手指利落，不悲不喜。

我试图从他的话中去揣测他的心境，青春告别之际，旧地重游，渴望和少年的自己打个照面，可物是人非，一切都不可得，那少年或许早就在时间里，模糊了模样。

我们在这异乡的街头，把心事各自藏好，试图隐入他人的生活里，找一份差别的安心，可到头来，一桩夜色，一缕残风，一盏微火，就都显露了出来。

岁月如风，东水浮沉，想走的和想挽留的总是撞个满怀。

终究是要如何面对这尴尬的年岁和慌张的日子，逃离得更远一点，飞进云源里，还是回眸一下故土，把身子种进世俗里？

都不难，都逃不脱。

对这个世界，说到底，我们都是游子，有时飘荡在异地，有时离索在心间。

7

我在两年后写下上面这些文字，很多事情已经模糊了，要很努力地回忆才能想起来，以费力程度来看，大抵可以称为往事了。

去年春天，我和朋友搬出了那栋巨大的房子，现已不再合租在一起，他仍旧留在北京，仍旧在写着他的小说，好像是写了几个半本的，就又都放弃了。

我的新家安在了杭州，大多时候的工作地点在上海，工作和生活仍旧忙碌，和朋友也很少见面，只是偶尔微信上聊聊天。

前些天，我为了写这篇文章，问他我们当时在西贡住的酒店叫什么？他和我一样，竟然也完全忘记了。然后我俩仔细回想了一下，又去网上搜了一下，才最终得以确认。

之后难免唏嘘，感叹记忆退化，感叹时光飞逝，感叹曾经努力想要的，也认真抱怨过的，跨越群山万壑要抵达的，在这繁忙的尘世间，都能被忘却，都可以当作没发生过。

写至此，又有零碎的记忆闯进来，我们离开越南的航班是凌晨，我仍旧恐惧飞行，吞了片安定后，迷迷糊糊地睡去，可也睡得不踏实，在半梦半醒之间，我脑子里开始闪过杜拉斯《情人》那本书里的句子，零零散散，能记住的是这句：

"我从来没有写作，却觉得已经在写了。我从来没有爱过，却觉得已经在爱了，我除了在关闭的门前等待以外，什么都没有做过。"

我挣扎着醒来，推了推正在熟睡的朋友，说我好像被杜拉斯附体了。

他黑着一张脸说，滚。

鞭炮里的春天

1

我和备备的第一次共同旅行,是在一个春天,那时我刚出了一本书,配合着宣传在做一系列的活动,连跑了几个城市,说了些重复的话,有些厌倦自己,唯恐把热爱变成了疲乏。

在结束了长沙的活动后,有了几天空闲的时间,我没有急着离开,备备便从杭州来找我玩。可我俩对长沙都不熟悉,就在手机上查了查,迎着暮色穿过大半个城市,去逛著名的小吃街。

在小吃街,自然是要吃很多当地的小吃,以及喝一些特色的饮料,我俩一路拉着手晃来晃去,像两个参加园游会的小朋友,什么平庸的事情都觉得新奇,任何寻常的事物都感觉好笑。但这份开心的因由大多是两个人的见面占了主要成分，其他都只能算作应景与佐料罢了。

后来突然降雨，我俩没有伞，便从一个屋檐窜到另一个屋檐下，各个店铺的灯光从里面透出来，在我俩身上明明灭灭又包裹上一层柔软。身上虽难免淋了很多雨，可也不觉得烦躁落魄，反倒是生出了些童趣，幻想是动画片里的龙猫，头顶着片大叶子，木讷地看着整条街撑起的雨伞，像是好雨时节里猛然开出的花朵，艳丽锦簇又各自怡然。

那夜的雨下了很久都没停，我俩只能安抚下没能尽的兴，叫了辆车子，再次穿过大半个城市，和长沙的夜晚打了一个漫长的照面，却也只是浅浅的缘分，没时间去促成了解。

漫长的雨夜让人疲倦，瞄了眼天气预报，未来几天也都将被这雨雾包裹，我俩就心生困顿，想去一个阳光普照的地方转转，便各自刷着手机，寻找出路。然后我被手机画面里辽阔的喀斯特地貌和巨大的峡谷所吸引，我给备备看，说我们去这里吧。

备备看了一下，也觉得挺好的，便立马开始订车票找民宿，我俩研究到半夜，隔天一早就踏上了前往湖北恩施的列车。

2

六月，初夏繁盛，葵花向日倾，可深山里的时节，向来比城市里晚一些，如隐士般，跟不上尘世的节奏。

我和备备下了动车，又坐了几个小时的大巴，来到了这座位于山谷之中的不知名的小镇，长长的一条街，就已是它的全部。我们预订的民宿在更深的山谷里，公共交通已无力抵达，民宿的主人指点我们在这里下车，然后等待他开车过来接走。

等在路边，只过了一会儿，我俩便觉得有些冷，随身的衣服都太单薄，抵御不住时不时蹿过来的凉风。环顾四周，虽阳光刺眼，却没有一丝夏天的气息，从体感温度来判断，顶多是春天的开端，就是那种忽然在某一个午后，天气意外热了起来，空气抚过脸颊有了毛糙感，你知道春天来了，但也知道，在山坡的草根树底还有点点积雪来不及融化。

民宿老板迟迟不来，我和备备决定四处走走，最好是能买到两件外套御寒。我俩拖着箱子闲逛，当地的居民们，对于这种旅人也已成习惯，他们散漫地走在街上或是坐在门前，不会因为外乡人的身份多看我们两眼，但也会因长袖外套裹在身上，而生出些对我们身着短衣的怜悯或疑惑。

备备善于打交道，拉住一个老妇人便问这里哪儿有卖衣服的，老妇人指了指前方，说了一串地方语言，我俩自然是听不懂，但也知道照着手势往前走，可走了很远，也没能看到一家服装店，备备有些饿了，看到个点心摊，便让我看着箱子，自己去买。

我坐在箱子旁，下意识地摸口袋找烟，什么都没摸着，这才想起戒烟都快一个月了，便悻悻地收回手，有种说不出的落寞。

之前感冒喉咙发炎，好多天都不好，那几天便没有抽烟，等到炎症消散后，就想着已经好几天没抽了，干脆直接戒掉算了。以前也戒过几次烟，虽也是发了狠，可顶多十天半个月，就忍不住了，有时是被一些人生匆匆得过且过的思想说服，有时是酒后被他人或是烦心事硬塞了一根，打火机啪的一声点燃，像冬夜里回荡在楼宇间的脆响，一切都功亏一篑了。

这次戒烟，没发什么狠也没立什么誓，只是心里一直念着那些呼吸道发炎的难受，和某些抽烟过量清晨起床时胸口的闷痛，没想到，竟这么坚持了下来。到如今早就没有了尼古丁的瘾，可心瘾还会时不时蹿出来搔一下，如同猫尾巴无意扫过掌心的痒。

备备似乎被什么东西迷住了，迟迟不肯回来，我便拖着行李箱去前方找她，走着走着，遇到一家很小的杂货店，一半的东西都摆在门口卖，扫一眼全都是破破旧旧的物品，似三五年都卖不出去却也坚持着要再试试。

我蹲下身随意看了几样小零碎，也没勾起像样的购买欲望，起身将走之际，却在那一堆中看到了几袋菜籽，不是散装自制的，而是那种有印刷包装的。好多年没见过这东西了,不是老旧过时,而是不在乡下生活,便几乎看不到了。

我拿起来打量,有早熟五号的大白菜和品种叫满身红的萝卜等,我不了解南方种植的节气,也不知道此时再买的农人们,是否还来得及播种。我所出生的东北,春夏秋都转瞬,唯有寒冬漫长,因此农作物只能长一茬,错过春天短暂的播种季节,便一年无收。

在我很小的时候,那个年月,供给并不方便,很多东西都需要到每周一两次的集市上去购买。集市占据镇子的主干道,洋洋洒洒,几百米长,摊位摆两旁,行人走中央,逛逛停停,挑挑拣拣,往返三两回,买到的买不到的也都只能这样了,日头稍微偏西,集市就散了,要留下大半个下午,供商贩和乡民走回头路。

每年清明过后,日头转暖,在某个日光充足的周末,母亲便会搭上一辆载客的小巴或三轮车,去十几里外的镇子上赶集,她这一趟去目的明确,专门买菜籽,当然也会买些平日里买不到的吃食,但那些都只是顺便。菜籽买回来,就是那种印刷包装的,上面写着各种名称,德民120,速育8号,等等。我自然不懂这号码的来头,只是看到包装上蔬菜的鲜艳与壮大,却从来没见自家长出过一模一样的果实。

母亲就在老家屋后的菜园子里,一个春天又一个春天地播种，然后在秋季到来前，接二连三地完成了收获，茄子青椒豆角等应季的蔬菜，边成熟边吃掉了。萝卜白菜则能码成堆，收进仓房里，帮人们熬过乏味的寒冬。

春去冬来，年年岁岁，人长高了，就要远离家乡。村子没落，集市也跟着消失。老屋塌了，之后会有新的主人。

但总会有人迈不出步子，舍不得离开，于是留在那里，靠观望四季打发贫瘠的日子，面对广袤的土地也无计可施，只能仍旧播种，仍旧收获，仍旧春去冬来，年年岁岁。

3

民宿的老板终于到来，开着一辆满是泥土的车子，只从车身看便知来路全是崎岖。

在他到来之前，备备拎着一兜子干炸的面食小吃和两件外套回来，我俩把衣服套上，也不管那款式是否过于陈旧，御寒大于审美。她塞给我一口小吃，一咬竟是空心的，有种古朴的甜。她问我在这干什么，为啥盯着菜籽看？

我没有巨细无遗地和她讲那一遭心路，只说忆起过去。她对我的过去不好奇也不觉有趣，只当作是每个人都差不多的童年，我也没硬去争辩我与她的差异，只在她也偶尔念及从前时，在心里细细比量。南北方的地域和几年光阴的距离，在内心里勾出一条曲线，无论多迥然，都能在岁月的河流里洗涤分解，庶几近之地入了人海。

民宿老板是个中年男人，听口音看神态并不是本地人，对于来这接客人已是轻车熟路，却也不似做景区生意的老油子，自来熟地夸夸其谈。见面只是礼貌地询问，接下来便是一路沉默。车厢内近似冷漠的安静让我有安全感，便轻松地把头扭向窗外，看山路盘转，上一座山下一道梁，大抵还是往上攀升，爬着爬着，就进了山间的云雾里，再绕着绕着，出了云雾，视线便开阔起来，山谷平原都收进眼底。

遥远处的一处村镇，在山谷里成了狭窄的景物，我指给备备看，说我们就是从那里上来的。备备说那住在山上的人，有车子还好，如果没有的话，想下去买点东西，也太不容易了。

看着路边零星的几户人家，我又陷入了曾有过的沉思，是在什么样的机缘下，这些人的祖辈才会执拗地搬到这里来定居，是为躲避乱世还是异地择食？抑或是本就山居在此，只是有更多的人搬离，剩下的少数便成了异类。

我想起前段时间，生活里发生了些艰难的事情，久久思量致夜不能寐，某天发了条微博："我为什么不能变得勇敢一点，那些前方路上的高山峡谷，就能够一一跨越。我在怕什么？我怕的只是不够坚定，想有退路，想处处留余地，又想过好一生。"

此时想到这段话，看着眼前的景色，便倏忽地明了些

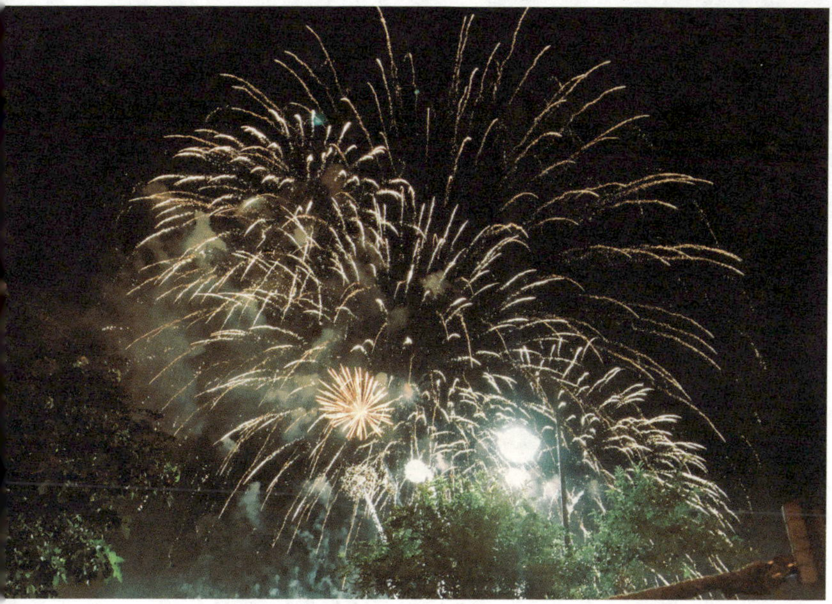

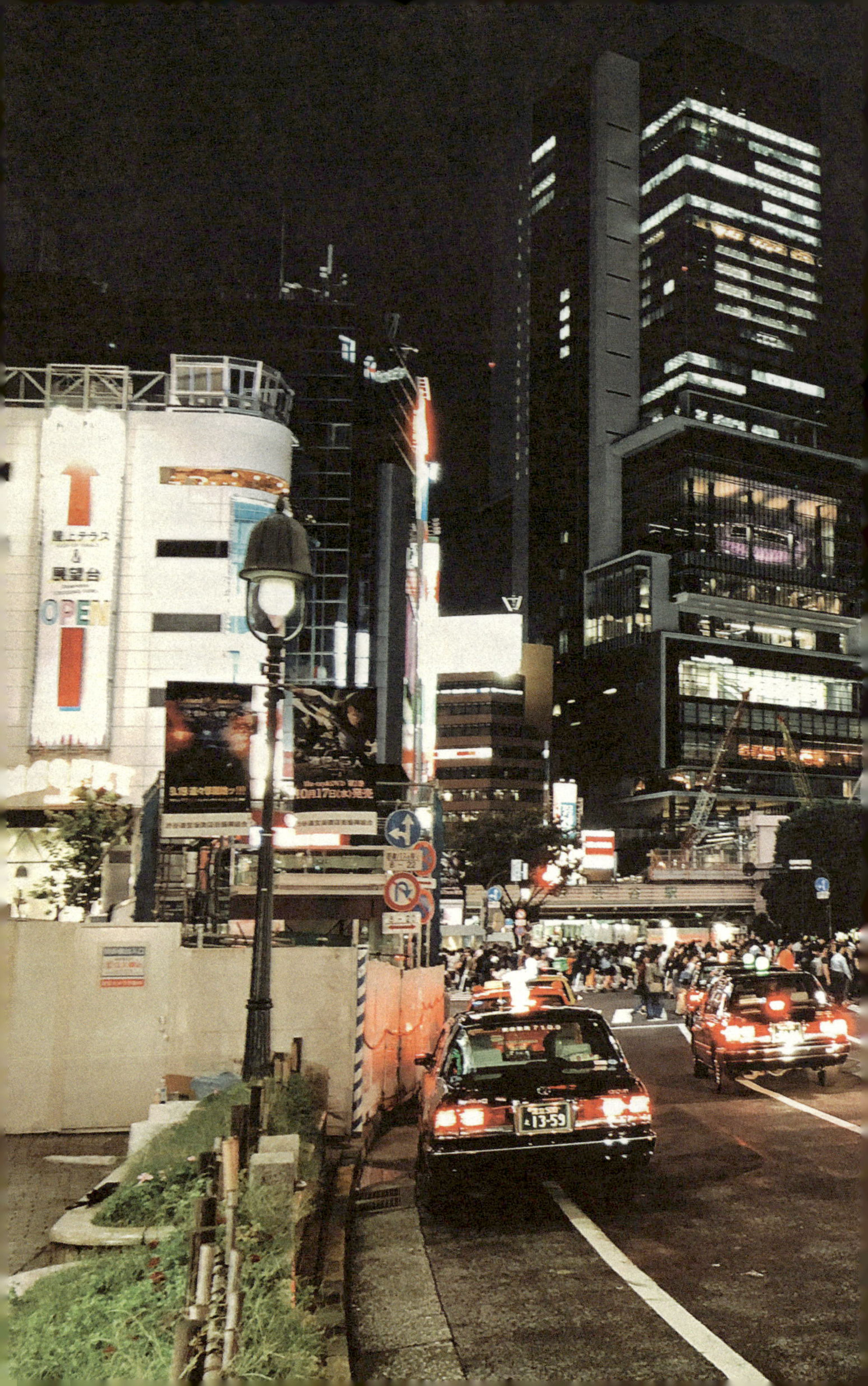
屋上テラス
&
展望台
OPEN

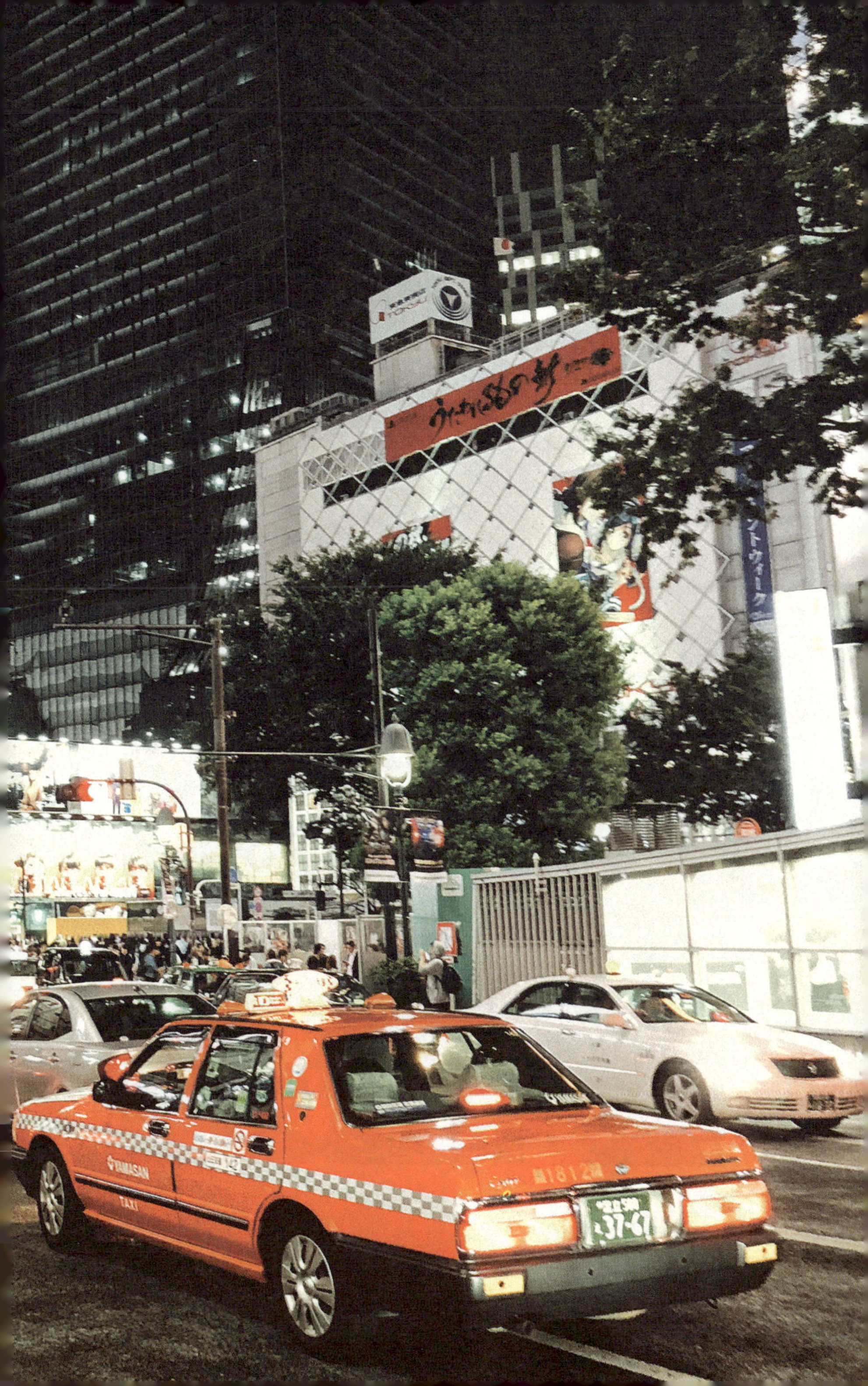
YAMASAN
TAXI

名代
富士そば
24
時間
P's-first
P's first
Pets
Always
Come
First
2018.10.13[SAT]
docomo
UQ mobile
モバワン
au

那山居之人的心境，所有的抉择都只为过好这一生，那度量的尺子，也只握在自己手上。

以上，也只是随性地妄议。

把路途的所见都与自身的生活对比，是所有旅人的悲哀。

4

民宿终于抵达，在紧挨峡谷的转弯处，是一栋后现代风格的三层建筑，院子里铺着草坪和石板，角落里还有竹排围着的温泉池，只是时节不对，里面还是冷水与枯叶。

车子停下，老板帮着我们搬行李箱，老板娘挺着大肚子在门口迎接，手边还有个四五岁胡乱跑的小女孩。我不善打交道，只是微笑，备备和她聊了几句。正是黄昏时刻，要准备晚饭了，老板娘问我们要不要在这吃，我们环顾暮色，笼盖四野，不在这吃也无地可挑，便在菜单上选了几样，然后随着老板去了楼上的房间。

房间在三楼，房门正对着落地窗，所以推门进去，山谷之色便近在眼前，云雾间的翠绿与峭壁似被框进了屋子，巨大的惊叹和压抑都扑面而来。

不免俗的，我们都拍了很多照片，来喂饱不虚此行的正确抉择和日后与人分享的功利之心。然后待天光被完全收回，才冷下性子去整饬行李，接着电话响起，楼下的饭菜已熟，我俩小跑着下楼，真实地想去填饱那空荡的胃。

小餐厅在一楼，几张桌子空荡，院子里却传来一群中年住宿者的喧闹声，我循声望过去，他们七八个人，围在拼凑出的餐桌前，已是酒兴正起，说了些欢闹的胡话。

老板娘善察言观色，问我们要不要也到外面吃，我和备备点了点头，就率先走了出去。虽说夜凉如水，可体感温度也没比日落前降多少，呼吸间反倒多了些清澈。

桌子很快搬来，菜也上桌，我看着头顶悬下及四周暖黄的光，燃起小酌之意，老板娘说有地方的酒，我就要了小壶，初尝一口，有些辛辣。备备也想尝尝，可不善喝酒的她只舔了一口，就觉得呛人，还是吃米饭来得自在。

又几口酒下肚，身上的凉意就彻底驱散了，那菜肴也觉得更加可口。备备迅速吃了碗米饭，饱了，陪我说了会儿话，又被老板娘的小孩吸引走了。我独坐在餐桌前，那壶酒还剩一半，旁边的中年人们酒醉散去，张罗着回房间打牌。

他们一走，这夜色突然静谧了下来，憋了一天的虫鸣开始响起，我每一口酒的吞咽也有了回声。我踱步到院子边缘，透过黑夜里的树枝，能远远看到山坳间的镇子，在漆黑之间，是一条人间烟火。我此刻没有睥睨和希冀之感，只是看着这景色，默念着人间真美，可我的心却似乎结了茧，时常感受不到。

我踱回桌边，备备又跑了回来，说你喝完了吗？我说还差一点。她便坐下，说问清楚了。我疑惑问清楚什么，她说问清楚老板和老板娘是哪里人了。他们都是天津的，老板之前是搞建筑设计的，后来在大城市待烦了，也可能是不如意，就带着老婆孩子来这里开民宿了，这房子是他自己设计和建造的。

时常旅行，这种逃离大都市的故事听得太多了，早已没了新奇之感。于是我只淡淡地说，挺好的。

备备却话锋一转，说我们也搞一个这种民宿吧，你负责对外接待，我做饭打扫房间，我要是怀孕了，就把你妈和我妈都弄过来，让她们帮着干活。

备备总会有很多关于生活的突发奇想，大多都是一时兴之所至，说完自己也很快忘了。我便没有深聊，只是说好啊好啊，问她觉得去哪里开好，她一下子被难住了，说了好几个地方，又都被自己否决了，不是担心路不好，就是担心民风太强悍，甚至还考虑到以后孩子上学的问题。

我就笑了，说看吧，想要逃离原来的生活，没那么容易的。我不知为何会无意间用了"逃离"这个词，是对当下的生活厌倦了吗？是觉得困顿疲惫了吗？还是说当对现状不满时，就会起了归隐之心？

寄情于山水，是失败者的无奈，我以前总拿这话自我警醒，可也渐渐察觉，没有人会对自己的生活完全满意。日子是溪流，穿岩绕树，时缓时湍，此时彼时都有不同境遇，心境也跟随起伏。一日之间，多少私意，多少计较，身居闹市还是归入自然，也都是一念起转。或许人最爱做的就是兜兜转转，弃旧图新，一生之计，改了又改，也未必能得到圆满。

那夜，我坐在窗前的榻榻米上，看着外面的山谷归入沉寂，繁星浩瀚，几亿年前的光抵达已是微弱，人存于宇宙间只剩渺小，幸好酒意还没完全散去，不至于产生太多悲观之念，把我从深渊往回拉了又拉。

我回头看床上，舟车劳顿让备备早已睡去，她或许是感觉到我在看她，也或许是做了个梦，轻声嘀咕了几句，翻了个身，继续安然入梦。

我想起多年来独自旅行的那些时光，漫漫长路，偶尔惊喜，其他全是寂寥。之后年纪渐长，对于他人的生活已无太多敏感，都为大同，见怪不怪。

如今年轻的女孩在身旁，热情活力，对世界满是好奇，像极了曾经的自己。我看着她蜷缩在床上，心中升起一阵温柔，有人说梦是一个人的平行时空，这想法真可笑，可我此时却想做她梦里的海潮声，陪她过另一种她最喜欢的人生。

我从榻榻米上下来，轻手轻脚地爬上床，拥她入怀。

今夜，就请放弃思考与虚无，把峭壁归还给山谷，把星辰归还给夜幕，把心熨帖平整，用爱人怀里的温度。

5

我和备备很像,出门旅行都不喜欢去热闹著名的景点,也没有既然到了就必须一游的执念,见到大排长龙的检票口,大多望而生退。这若是和人生观挂上钩,那大概就是没有什么必须抵达的地方,山腰山顶山脚下,都是同样的风景。

我们住的民宿,距离大峡谷的景区入口,有一段很漫长的山路。我俩清早醒来,在楼下吃早餐,雾气浓厚,近似丝雨,把周遭包裹得严实。山里清晨比夜晚还凉,我俩哆哆嗦嗦,也就没有丝毫出去逛逛的欲望,只打算吃过早饭回房间睡个回笼觉。

可早饭刚吃完,老板就过来说他要开车下山买东西,会路过景区,我们如果想去转转的话,可以把我们捎上。我们下意识是想要拒绝的,但也不知为何,可能是产生了有车不蹭就消耗了沉没成本这类的心理,琢磨了一下后,便答应了下来。

车一路盘旋下山,雾气也跟着一点点散了,到了景区入口,竟有阳光从山间泄了下来,周身一下子也暖和了起来,起床后胸中常有的瘀闷也散去,我俩对看一眼,目光中都有些做对了选择的惬意。

景区如喧嚷的宴席,一入座便很难再出来,高山峡谷,奇秀俊丽,湖光微微,水流涓涓,没见过的便觉惊艳,见过的又觉寻常。于是我俩一路跟随山水兜转起伏,时而说笑,时而听其他游客说笑,剩下多半是沉默走路,把感知交还给五觉,却又难免被心事打扰,哪怕置于百米深的山涧底,也逃脱不掉俗事的烦恼。这么说来,无处可逃的,从来都不是皮囊,是庸人自扰。

艳阳刚过午,就又钻进了不知从哪飘来的厚重云层里,天空一下子就暗了下来。

我俩吃过午饭,本想回民宿休息,可不知心念怎么转了一下,便又晃进了另一个景区入口,且一入就没有回头路,走了三个小时发觉路程才刚过半。接着又下起了雨,我俩都没有防雨的装备,便只能匆忙跑到一块巨石下躲雨,那巨石散发出阵阵的阴冷,我俩哆嗦地抱在一起,盯着山雨茫茫,灰念顿生,从长沙到此,跑了几百公里,终究还是逃不过下雨天。

在巨石下躲了一阵子,雨渐渐沥,我俩钻出来,目之所及,远处一凉亭,似乎有挑担的摊贩在卖些东西,我俩推测会有雨具,便有了奔头地快速向前。可俗语有道,望山跑死马,那眼见着在雨雾中摇摇摆摆的凉亭,也要走半个多小时才抵达,身上的衣服早已淋透。

好在凉亭里的商贩没走,也真有雨具,我俩各买了身雨衣套上,算是卸掉了一些风寒。凉亭里的另一个摊贩,支了个便携的煤炉在烤红薯,我俩围过去蹲在一旁,竟有了种晚来天欲雪的小幸福。自然也受不住诱惑，买了个热腾腾的红薯来吃，这样里外都有了暖流，也有了再走一段的力量。

说是再走一段，可这景区比我们想象中的要浩大太多，一条弯曲石板路，在座座山谷崖壁间穿行，风景自然是险峻秀丽，可终究也会因这漫长，疲怠掉许多闲情。我俩差不多又走了两个多小时，双腿灌铅，精疲力竭，好在雨继续减弱，已与云雾融为一体时，才终于望见景区的出口，掩藏在繁盛的树木与暮色之间。

我俩快步出去，便看到遥远的天边，有霞光隐隐露出，似冗长黑夜里的一线生机，我竟忍不住动容，伸手去抱住备备。已忘记当时是谁决定要走入这个景区，但这蜿蜒曲折的错路我们终究还是坚持走完，如人生某些暗黑的年光，无路可回，只能闷头，向前再向前。会有繁星天光，会有推开屋子就冒出的热气，会有秋凉闲坐灯火可亲。会有回头望去，所有路程都成为过往的谈资，但也不想与人说起，默默藏好，装作无事，尚能轻盈。

6

我们本打算在这山谷间多住几日，民宿里的吃住也都合胃口，可突然而至的事情，导致我两日后要回到上海，于是这闲适的日子骤然紧迫起来。

离开的前一日，又下起了雨，可能这里的春天就是多雨的季节吧，不像我那北方的老家，每到春天便是一阵接一阵干燥的风，把尘土卷到门前窗下，每一户都逃不掉。

下雨更懒得出门，我和备备便躲在房间里，看着窗外烟雨暗千山，那山峰和森林的颜色都更浓重了，绿翠得瘆人。备备戴着耳机窝在床头看剧，我坐在榻榻米上看一本讲述日本老年人生活的书，里面的现实案例温吞地残酷着，那些老人的归宿都是我不曾思考过的境遇。于是我便总要在情绪堆积到浓稠时，放下书缓一缓，看一会儿窗外那繁茂的景色，如一个人在盛年的张扬，不懂得收敛，以为会是永远。

对于人生的最终走向，现在去思考，会觉得为时过早，可有时也难免会去触及些皮毛，以前我生性悲观，没来头地觉得自己不会寿终正寝，也认为老年没有体面之处，死亡或是最好的解脱。这些年悲观有所缓解，看待老年和死亡也有了温情，日暮西山，江河入海都是常事，不必大惊小怪。

可这些能说出来的，也都是虚词，没有具体的恐惧和安适，举不出个具象的画面一目了然，思来想去，也仍旧是空空荡荡。却也渐渐在逃避的同时，试着心平气和地去迎接那遥远的暮年，到那时好与坏都自会有了答案，事事也都有了真实的眉眼。

但真可惜，不能折身回来，提点当下的自己，该惧怕踟蹰还是义无反顾，该珍惜盛年光阴寸金还是不必眷恋各有洒脱。

这些头尾相咬一体两面的心思，说来也都是无用，再看得清楚一点，便是人生只有一遭的不甘吧。

所以，难免羡慕那些相信轮回笃定有下辈子的人，如果真是这样，就可以对今生多点宽恕，哪怕事事都不尽如人意也不顽固地计较与抵抗了，这辈子就这样吧，下辈子再重来。

我问备备，你觉得人有下辈子吗？她说肯定有啊！不仅有下辈子，还有前世呢，有个泰国的师父给我算过，说我前世是一个落魄的公主。我笑了，说那你下辈子想成为什么？她说她最喜欢鲸鱼，所以要成为一条鲸鱼，整天在大海里游泳喷水。

我说还挺浪漫的。她说那你呢？下辈子想成为什么？我思考了半天，竟没有答案，如果不带着前世的记忆，成为什么都不会意识到这是上辈子的愿望，不如意时也仍旧会抱怨，仍旧会把希望寄托在下辈子。

想起之前看到过的一句话："你怕不怕，这辈子就是上辈子时你说的下辈子。"

心里不由一惊，和备备这番闲谈似有了箴言的意味，但我们也并没有继续探讨下去。老板娘打电话过来，叫我们下楼吃饭。

我俩便收起思想,走出房间,看到走廊尽头一块大玻璃外,有棵树在风雨里站立,似乎站了几十年,只干了一件事,随风摇晃,不卑不亢。

我定住脚步,多看了几眼,便觉得它也像是在往屋子里眺望,那一刻,我们应该看见了彼此。

7

离开恩施那天,天空如欢送般总算放了晴,民宿老板把我们送到来时的那个小镇上,然后说了些客套的告别话,我们也点头附和着说下次再来一定还住他那边,可是彼此心里也都清楚,旧地重游的旅人向来少之又少,我们是例外的概率渺茫。

老板的车子走远,我和备备立在街边,等待去城里的巴士,那姿态和来时一模一样,各自身上的外套下车后也该脱掉了,它们和这旅程一样,注定不属于日常。

巴士晚点了,在这小镇上也属正常,没有人把时间安排得那么紧迫,差十分八分也不会错过整个人生。

备备又想起了到来那天买的油炸小食品,便跑过去买,我立在原地等待。不远处传来震天的鞭炮声,循声望去,一家饭店在举办婚礼,新人下车,亲朋好友上前簇拥,一群人浩荡地进了屋子,那鞭炮声却还没停止。硝烟也很快飘到了我眼前，硫黄的味道我从小便不讨厌，甚至觉得有些好闻。

待硝烟散去，酒店门前的音箱放起了欢闹的音乐，一些来参加喜宴的宾客也陆续赶来，有的急着进去，不急的便在门前和熟人吸烟聊天，小孩子在鞭炮屑上奔跑打闹，去抓被风吹跑的气球。

不知为何，只是看着这一幕，内心里某些死结突然间就有了解法，虽然还不能完全解开，可也能稍微松绑。但也觉得真好笑啊，有时我绕了一大圈得到的智慧，只是人家原本的生活。

备备买好了东西跑回来，硬塞给我一颗，我咀嚼着，也品出了更多的甜味。巴士也在这时赶到，我俩上了车子，我坐在靠窗的位置，看着街景缓缓倒退，路过办喜宴的饭店门前，车轮把大红色的鞭炮屑带起，在空中翻飞，整个春天都藏在了其中。

生活里的若有似无

他人

1

他三十八岁，企业高管，过得还不错，只是需要频繁地出差。在这一次连续出差七天的清晨，去机场的路上，东方发白，可月亮还没有完全落下去，他觉得这景色少见，就用手机拍了张照片。

到机场过了安检，他找了家店吃早餐，边吃边刷手机，就想着把刚拍的照片发个朋友圈，配上"披星戴月奔波"或是"没见过凌晨四点的街道不足以谈人生"之类的词，可他突然找不到发这条朋友圈的意义。

没有特别想让某个人看到，也不想向哪个领导邀功，更不想对家人诉苦，就算自己做个纪念，也觉得太矫情。他想了又想，把打好的字又一个个删除了。

起身付账离开早餐店,候机登机起飞降落,日子照常过。

人生所经历的一切,都变成了最平常的事,不再活给谁看,也不再证明给谁看,可也不是为自己而活,就这么模糊地,匆忙地往前走,没有回头路。

2

她二十五岁,家里有钱有权,之前的人生都过得嚣张跋扈,之后的人生都往俗套里走,父母因经济罪名进了监狱,财产全都没收,她喜欢上一个穷小子,算是有了新的依靠,穷小子带她来到另一座城市。

他们各自寻找工作,生活得自然艰辛,可感情一直很好,她并没有觉得生活里的苦有多么难熬,有情饮水饱,她一直相信这句话。

几年过去,他们的生活并不见起色,她怀了孕,这喜事又冲淡了些生活中的矛盾。肚子一天天隆起,她也没觉得辛苦,直到有天去医院做检查,她上了公交车,有个小朋友站起身叫她阿姨给她让座,她说了声谢谢扶着肚子坐下,看着窗外的街景,眼泪就落了下来。

原来自己已经沦为人群里的弱势,曾经梦里的殿堂早已倒塌,那些过去的骄傲支撑着她挨到如今,终于消磨殆尽。

她那一刻才懂得了生命真正的艰难,是自己也不再高看自己一眼。

3

他从事伏案工作多年,虽然年纪轻轻,但也时常肩颈痛。前几天病痛又发作,打电话预约了盲人按摩,到店的时候技师们都在门前站成一排,唯一不是盲人的前台在指挥大家靠拢一点。那时天气很好,店门前的杏花都开了,他看到有个小个子的盲人女技师,折了一小枝杏花别在头上,可是她看不见,都别歪了,那花就像是不经意落在头上的,没有丝毫美感。

他站在那里看他们拍照,可是照片却没拍成,相机没电了,前台就拿去充电,让技师们还是先上钟吧。

正巧分到他的就是那个别杏花的女技师,在按摩的过程中,他一直能闻到那若隐若现的花香。她手劲很大,按得他直叫轻点,她说以前自己力气小,总被客人嫌弃,她就每天练习指撑俯卧撑,练得大拇指都畸形了,鼓个包。

她说起自己小时候得脑炎才导致失明,那时候也不记事,也没觉得有什么大不了的,啥人啥命,可就是有点可惜,一辈子不知道自己长什么样。

按摩结束,他在床上又躺了一会儿。前台又张罗技师们出去照相,大家都出了门外,可他还是能闻到杏花的香味。他坐起身才发现,那枝杏花不知何时掉落在了他的枕边。

他急忙拿着它跑出去,趁前台按下快门前,把花还给了女技师。她刚要伸手接,他想了想,又变了主意,直接帮她别在了头上。

应该有人和她说过,她很漂亮。

不是安慰,都是真心的。

4

她三十五岁,孩子五岁,她是全职主妇,一日三餐,照顾孩子,照顾公婆,从早到晚地忙。

最近影院在上映一部新电影,爱情片,她很想去看,孩子出生后就再没进过电影院。她买了两张下午的票,带着孩子进去,给孩子买了爆米花,一起放在身旁的座位上。

电影很感人,看了一小会儿她就流眼泪了,可身边的孩子却坐不住,嚷着要离开。身后有观众发出啧啧的不满,她一边抹着眼泪一边叫孩子听话,说了些吓唬孩子的话,孩子就又安静了一会儿,她又哭了一会儿。

过会儿孩子又不干了,这回是直接把爆米花往地上撒,她阻止,孩子就离开了座位在放映厅里乱跑,她在身后追,皱着眉头小声呵斥,孩子就是不听,还以为是在玩,他们两个就被工作人员请了出去。

出了影院,她的眼睛还红着,照着孩子屁股就狠狠拍了两下,孩子这下也哭了,她也不管,在室外找了个椅子坐下来,风大,头发吹得乱,她也不管,又狠狠哭了一气。

等她和孩子都哭够了,她就牵着孩子往家走,路上给孩子买了个冰激凌,叮嘱他不要把今天的事告诉爷爷奶奶和爸爸。又想着家里有一堆衣服还没洗,晚饭的菜也没买,心里就急了,把电影的事就抛在了脑后,想着不就是一部电影嘛,改天在家下载了看就行了。

然后,她就把这电影忘了,再也没想起过。

5

他六十岁了,在监狱里关了也快二十年了,但刑期是无期,他没什么盼头。他最近身体越来越不好,虽然监狱方不再让他参加高强度的体力劳动,可他还是时常想到要自杀。

他找不到太多活下去的意义,到了这个年纪,也不那么怕死了。

他开始做死亡的准备,放风的时候偷偷藏了一块石头,慢慢把这石头磨得锋利,眼看也就要磨好了。

监狱在下午固定的时间放风,他还是习惯性地坐在靠墙的阴影里,这天就听到了墙外飘来若隐若现的笛子声,吹得很不好,应该是个新手,更可能是个孩子。他听着这稚嫩的笛声,竟忽地落下了眼泪。

可第二天,笛声没有了,第三天也没有,就在他磨好了石头的当天,他又听到了笛声,算一下时间,刚好一个星期。这次笛声比上一次好了一点点。

他当天晚上,把那块石头握在手里,要刺破自己的喉咙,但耳边却响起了笛子的声音,他知道那是幻觉,却手软了。

往后每过一周,他在放风的时候都能听到那笛子声,这形成了规律。

他把那石头丢掉,又开始认真地活。那每周一次的笛子声,仿佛变成了他最重要的事,在那天他会认真地洗好脸,衣服穿得板板正正,像是去赴一个约会。

他听着那笛子声越来越好,越来越熟练,想象着一个孩子,一点点地长大,变高,他觉得是自己在陪伴孩子成长。每次笛声飘来的时候,他都望着那高墙,想一些明媚的、不可能的事。

曲子吹完,放风时间结束,他拍拍屁股上的灰尘,吹着口哨回牢房,一整个星期都不难过。

不是每一个人活着都是为了些气壮山河的大事,其实大多数人,都只是在为着一点小小的奔头和愿望,为了一丝丝自己才懂得的成就感和喜悦,才义无反顾地活着。

他知道自己只有死了才能走出这高墙,却再也不想着死去。

6

十多年前,他二十出头,毕业后进了一家建筑公司,但很快被调到了西部地区,公司在县城,招了个本地保姆,家是周围村子里的。保姆年纪不算大,三十多一些,但已经生过六个孩子,最后一个才是儿子。

她为人不错,性格也还行,谈不上多喜欢,但绝对不讨厌。有次她不知在哪里弄来一些柜子,要运回村子的家里。当时公司有个小货车,司机人善良,就说帮着她送回去,但还需要个人搭把手,他正好闲着没事,就跟过去了。

车子一路开,盘山路绕了一圈一圈,黄土高原,没有树木遮拦,就觉得车子是沿着巨大梯田的田埂在开。车子到了,保姆家的房屋不太好,五六个孩子在门前玩。他们把柜子抬进屋子,已经是傍晚了,保姆强留他和司机吃晚饭,他俩就留下了。

保姆在厨房做饭,他就在门前瞎转悠,她的五六个脏脸蛋小孩在玩耍。房子前有个地窖,探头进去看见里面有水,大一点的孩子说是水窖,储存雨水的,就明白了他们平时用的都是雨水。

保姆做好饭,叫他回屋吃,桌上只有两大碗面条,上面飘着几根青菜和一点蛋花。他看着只有两碗,又看看外面的孩子,保姆笑说你们吃吧,他们一会儿吃。他拿起筷子挑了挑。她以为嫌弃,便说,你吃吧,这个不是雨水做的,是买的水做的。

他本来想说不喜欢吃面条,特别是这种宽白面条,非常不喜欢吃,但那一刻他却什么都不敢说出口,低着头把一整碗全都吃光了，连口汤都不敢剩。

7

他二十几岁，有过几段恋情，都失败了。傍晚内心孤寂去散步，在街角看到三个人在聊天，俩大妈，一个大爷。这是个小型的相亲会，三人成三角形站着，顶角那个大妈是媒人。

大妈说我也不图你啥，就想有人陪着买菜做饭说说话，我爱看戏曲节目，你要是不爱看也别和我抢台，咱就弄两台电视，相互不干扰。

大爷说我没啥要求，咱们这个岁数也别领证了，麻烦，喜欢在一起就在一起，哪天看着烦了就分开，别互相添堵。

大妈说对的，万一以后遇到更看对眼的了呢。

媒人说既然都没啥意见，那咱们就吃饭去。

大爷说走吧，我请客。

大妈说这顿你请，但以后都AA，不想哪一天因为钱闹别扭。

大爷说闹别扭倒没啥，最怕因为钱账变成了人情账，想要分开，还得委屈着过。

三人走远，他怎么都觉得不对劲，这太像是一场以分开为前提的结合，里面应该暗藏着些龌龊的玄机。

但多走了几步才猛地明白过来，这里面暗藏的是生活的智慧。

人只有到了这个年纪才能把世事看得透彻,明白它的多变和短暂,什么事都能摊开说。

而年轻人却爱互相猜疑,爱分析星座,又什么事情都想要唯一,想要永远。

8

小镇巴士上,两个大妈聊天,一个说家里来了个外地人,要找树根葫芦籽玉米秆。另一个惊讶,说要那玩意干啥?一个说那谁知道,挑了半天拿了几个,还给我钱呢。另一个说,真是啥怪人都有。

在两个人侧面的另一个老大爷插话,说你俩真是啥也不懂,人家是设计总监,是艺术家。两个大妈听了,哦了一声,说是艺术家,怪不得。看起来是明白了,但也不知道是不是真的明白了,只是这个话题没有再聊了。

很多时候,人都像这两个大妈,对陌生的事物感到新奇和不解,但只要给她们一个答案,不管对这答案理不理解,但至少是个解释,于是心里的结就解开了,释然了,不深究会不会只是个名头。

在面对陌生事物的时候,人永远像个孩子,最容易假懂得,也最容易受欺骗。

自我

1

上海作协门前有一个小饭馆,小到只有几平方米,里面没位置,只有张长台面,上面是几个大铁盘,一个里面是米饭,其他几个都是菜,看起来不太干净,但价格都很便宜。

每天中午,门前都会停下成排的出租车,司机们聚在这里,也有些环卫工人,他们拿一个最差的发泡饭盒,打菜打饭,然后就在门前,蹲着或站着吃午饭。门前有几棵大树,所以下起雨来不怕,雨滴和叶子掉进饭盒也不怕。他们几乎不怎么说话,只是快速扒完手里的饭菜,然后便散去。

我有时会想一下,这群人里会不会也夹杂着些在作协上班的作家,他们在这里扒完手里的饭,回到办公桌前,吸根烟,然后开始阅读或是书写一些优于生活的文字,而那些生活,他们其实也不曾触及。

2

前段时间在上海,夜里出来买吃的,路过一个港式茶档,买了份出前一丁,可是刚打包好,外面就下雨,我没带伞,就站在檐下避雨。

进来一个小伙子,刚下夜班的样子,店员询问堂食还是外卖，他说堂食，店员问一个人？他说两个人。

他坐下叫了两份盖饭，盖饭很快端上来，可另一个人还没到。他看来是饿坏了，等不及便开吃起来，等那碗盖饭吃光了，等的人还没到。他却接到个电话，挂了电话以后，能看到满脸的失落，一直挺着的后背也垮了下来。

他默默地打开另一碗盖饭，说老板，饭都凉了，您给我再加点热汤。老板把饭接过去，小伙子拿出手机，删除了一个联系人。

外面的雨还在下着，我手中的外卖也应该凉了。

生活中有诸多的遗憾，如果注定等不到那个人，就该让自己吃饱一点。

我于是又让老板打包了两颗鱼蛋。

3

有段时间喜欢夜跑，有天经过一个天桥，就想着换个路线从天桥上面跑过去。那个天桥很大，四个路口，中间有个巨大的圆柱。

去的时候没看到什么，等跑回来时，发现圆柱子旁多了用纸箱围成的四面"挡风墙"，里面铺着被褥，被子里躺着个男人，已经侧身睡去。他旁边是个五六岁的小男孩，躺在被窝里，在玩着一把塑料手枪。

那时是三月，天气还很凉，特别是夜里。但小男孩也不觉得冷，半个身子都露在外面，对着纸箱假装射击，完全没有流浪、艰苦、无家可归这些辛酸字眼的感觉。

我无法猜测这一大一小的关系，看小男孩安心玩耍的样子，应该彼此熟络，我想或许是父子吧。

我也无法猜测他们睡在天桥是发生了什么事情，看男人和小孩露出的衣服，并不像是长期的流浪汉，应该是生活中突然降临了某些灾难。

《当幸福来敲门》那部电影里的父子，同样面对无家可归的困境，只能躲在洗手间里睡觉，父亲怕儿子感到难过，骗他两人是在躲怪兽，孩子自然不会懂得父亲的心酸，只是真的当作一场游戏。

我不知道天桥上的这个父亲是否也给小男孩讲了一个什么故事，来掩盖这露宿街头的心酸。

如果有的话，这个父亲虽然在生活的这一阶段是个失败者，但他在给孩子讲故事的那一刻，肯定是伟大的。

4

家附近的餐馆最近搞了一些新的项目，其中一项是每个服务员的胸前都贴了一个二维码，如果你觉得他们服务得好，可以拿出手机扫一扫二维码，给他们打赏，6.66元、8.88元等吉利数字。

这个项目让我有些不舒服，每当服务员在给我服务的时候，我都多少会觉得他们有故意献殷勤的嫌疑，那笑容也有了假笑的成分。这搞得我每次如果不多少给他们打赏点，心里都感觉不对劲，整顿饭都吃得不痛快，他们一靠近给我倒水收拾餐盘，我都会很有压力。

我是一个怕被人寄予希望的人，因为怕别人会失望，而他们每一次的靠近和离开，都可能有小小的失望埋在笑容之下。

他们会失望或献殷勤这件事，是我的猜测，可能是我本人过于狭隘或敏感。他们或许和原来并没有什么区别，一贯的热情好客，一贯的笑容满面，但这个打赏的设置，在无意中却产生了这样负面的心理效果。

所以，人们啊，千万不要因为某些小小的举动，而让别人对你的人格有了负面的怀疑。

5

前几天和我妈去逛故宫，进了一个销售茶叶的店，服务员是个小姑娘，请我品尝店里的新茶叶。

我看了看产地，说我去过那里旅游，在那边喝过，不用尝了。我当然也不想买，转身就准备走。女孩有些尴尬地说了句："好吧。"

可当我转身往外走的时候，她却在身后唱起了："我的热情好像一把火，燃烧了整个沙漠……"我不知这歌曲是在化解尴尬还是在给她自己打气。

我只是出了门想了想,就觉得,哪怕自己生性冷淡,或是生活不如意,或是在那一刻脾气不顺,也不该对生活摆出冰冷的姿态,拒绝他人给出的热情。

6

前段时间去澳门,可能是因为假期,飞机座位前后都坐着父母带着孩子。

途中飞机遇上气流,机长提前广播通知了,说气流较大,让大家做好准备。

过了一小会,飞机开始剧烈地起伏和抖动,我后座的家长伴随着飞机的每次抖动而大呼小叫,又是害怕又是埋怨的,他们身边的孩子也大哭起来,吓得够呛,怎么也哄不好。

与这对大呼小叫的父母做法相反的是,前座的一对父母,当得知马上要遇到气流时,就对他们的孩子说,一会儿飞机要来回颠簸,上上下下的,那感觉和坐过山车很像,不信你感受一下。

接下来在飞机的颠簸过程中,那孩子真把这当成是坐过山车了,飞机的上下左右摇晃,我都感觉难受得想吐时,孩子却发出很刺激和享受的"哇!""呜!",完全把这当成了一种游戏。

我在远离童年的此刻，突然领悟，我们拥有怎么样的父母，就决定了我们拥有怎么样的童年，这很像是废话，但这次先把金钱和物质排除在外。

7

和朋友去郊区玩，夜里住的酒店在山脚下，很偏僻。

夜里朋友饿了，我们开车去买东西，找了很久才找到一家开着的超市。买了些吃的开车往回走，收音机里就传出一首老歌："我多么想和你见一面，看看你最近改变……"

本来心情还挺欢快的我，突然就有些潸然了。

等车子开到酒店门前，歌曲还没唱完，我和朋友说，你先进去吧，我在车里坐一会儿。

朋友离去，我坐在车里，突然就很想点一根烟，虽然我已经戒烟很久了。

我不知道自己怎么了，我并没有想到某个具体的人，可我就是一下子难过得不能自拔。

生活总会在某些时刻，能抛弃掉所有现实的繁杂和功利，赠送给我们一些说不清道不明的，但绝对纯粹的忧伤。

8

在上海时，一天黄昏路过襄阳公园，看到很多大爷大妈在跳广场舞，还有一些在练太极的，三两聊天的，遛狗的，各有各的精彩。

我那时在接一个很长的电话,就找了个地方坐下,想着聊完再走。

刚坐下没多久,也忘记对方讲的是什么了,应该是些重要话题间不重要的事情,我就分了一下神,便听到萨克斯风的声音传来,循着声音望去,一棵大树下,一个黑人男子在认真地练习着。

他还吹不了一个完整的曲子,他也已人到中年,他一遍遍地在练习一个小段落,那段落我没听过,路过的人也没人驻足,他就一个人在大树下,身边嘈杂,人来人往,他不多看。

你有多久,没静静地只看一朵云飘走。

你又有多久,没为了一件只是单纯喜欢的事情去努力,对他人的眼光不管不顾。

9

和朋友开车出远门,路过服务区去买水,看到了卖李子的,就走过去看了看。李子每一个都很绿,拿起来看看也很硬,问卖李子的大妈甜吗?大妈说可甜可甜了。我问能尝一尝吗?大妈说不行,你尝一个我尝一个,都给尝没了。

我就想着她说得也对,就买了一些离开,到车上朋友先吃了一个,咬一口就扔了,说酸死了。我也吃了一个,真酸,好多年没吃过这么酸的李子了,于是剩下的就扔到了后座,没去管它们。

差不多过了一个星期,又和朋友开车出门,我看了一眼后座,疑惑后座怎么有茶叶蛋啊?打开袋子一看,才不是什么茶叶蛋,而是那些绿李子闷红了。

我拿出一个来吃,一点也不酸,大妈说得对,可甜可甜了。

我一边吃着李子一边想着,别急,等一等,或许一切都能好起来。月会圆,花会开,李子会熟,该来的总会到来。

10

夜里散步,路过街边的布告栏,玻璃窗里贴着些报纸,也不知道是新的还是旧的。

这种城市公共设施,一般没什么人关注,却看到一个流浪汉模样的人,头发也有些花白,拿着个放大镜,贴在玻璃上,在认真地看着报纸。路灯昏黄,旁边小酒馆门前的外国人喝多了在吵闹,他却不受干扰,看得认真,我那一刻有些触动。

我一直觉得,无论你身处什么地位或处境,阅读始终是一件成本最低,却能让你保持高级的事情。当我在拥挤的地铁或公园宽阔的长椅上,在飞机或绿皮的火车上,只要看到那些认真在阅读的人,就会打心底生出一种柔软的善意，也总觉得他们身上在发着光。

11

出去旅游，在几个景区都看到了抱猴照相的牌子，好几年没看到了，记忆中这样和动物合影还有骑骆驼、抱蟒蛇等，我都没尝试过。同样好些年没看到的，还有那天在家楼下遇到的一个小贩，骑着车子，沿街叫卖乌龟。我看着他被汗水浸湿的后背，想着这夏日家家门窗紧闭，会有几个人能听到他的叫卖声？以及谁又会心血来潮买只来路不明的乌龟？

类似这样的行当，我以为它们早就消失在了这个世界前进的浪潮中，谁知它们却只是隐没在角落，偶尔冒出来提醒你一下过去的模样，而这个世界的变化并不像你想象中的那么快。

12

那天出门，小区门前在修路，技术人员在拿着经纬仪和水平仪搞测量。

那天很热，他们戴着安全帽，两个人配合，测量一会儿又到树荫下休息一会儿。

看着他们我就想起前些年，自己在建筑公司工作的时候，也是这个样子，扛着两台仪器，每天穿梭于施工区，有时是平原，有时是山区。

那时的心境大多已经想不起来了，却是人生最笃定的时候，做的每一件事都不会去自我怀疑，总觉得人生就这么走下去，肯定会有一个好的结果。

那时候也会觉得无聊和累，悲伤和绝望也统统都有，但从来不像现在这样，时常体会到人生艰难。

13

有段时间夜跑，喜欢的路线是沿着国道，再到乡间的路，来回正好五公里。每次跑到快结束的时候，就会遇到一段没有路灯的区域，跑到那里时也是最累，最想停下来的时刻。

但我每次也都会提醒自己，到了这里一定要加速，因为你越慢，在黑暗中停留的时间就越长。你要让自己明白，前面就有光，远远地就能看到，只要向前跑就能逃离黑暗，那光是真实存在的，并不是海市蜃楼。

我想说的你们都能明白，越艰难越害怕越迷茫的时候，就越要义无反顾地加速向前。

14

我不爱等电梯，一等就烦，看着楼层数字的变化，一会儿停一会儿又停，觉得像生活中的某些时刻，一切不顺，都是一停一顿的。

但如果哪一天，恰巧那个电梯一路顺畅地来到我的楼层，我又会觉得很舒心，会觉得这部电梯就是专程来接我的，我对它很重要。

在愈加繁杂的生命中，专程地去吃一顿饭，专程地去见一个人，专程地去做一件无意义的事情，已经越来越少了。我们都是在做着某件事时，喜欢顺带着把另一件也做了，纯粹和唯一终将被淡忘。

如果有个人能不远万里，跨过千山万水，专程来看看你，那请记得给一个拥抱，并记住这古老的情怀。

15

世界对所有人的公平，是在于它的规则和辽阔的边界。

生活对所有人的公平，是在于它的艰辛和偶尔的慰藉。

人生无大事

1

大概是某个初春的时节,我开了一夜的会,匆匆收拾了一下行李,赶着去机场。提前预约好的车等在楼下,天光比我的睡意早到了一些,我坐在车里时,头脑还挺清醒的,在后座歪着头看窗外。上海的街道,在清晨透着一股豆浆质感的朦胧,比北京多了些柔和。

司机看我不睡觉,就以为我是起得早,他说自己一夜没睡,说着说着就打一个哈欠。我由于回北京还有很多重要的事情要处理,就比较惜命,心里难免担心他状态不好,可也不想陪着他说话,就一直忐忑地沉默着。他看我不爱搭理他,也就闭嘴了,可哈欠还是不断。

车子开上了高架,司机又开始找话说,他说记得是一九九七年还是一九九六年的时候,上海刚开始修这段高

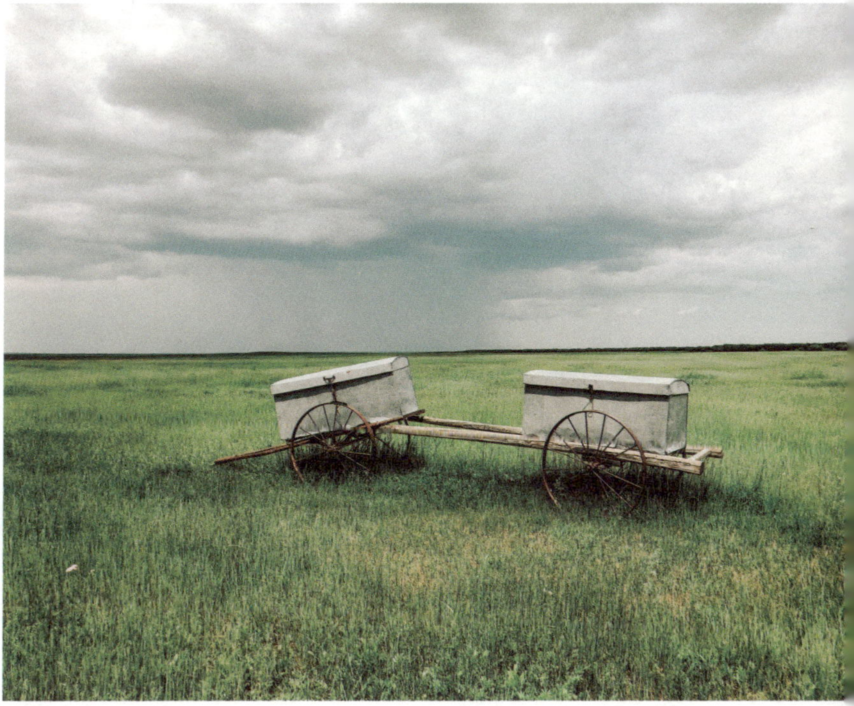

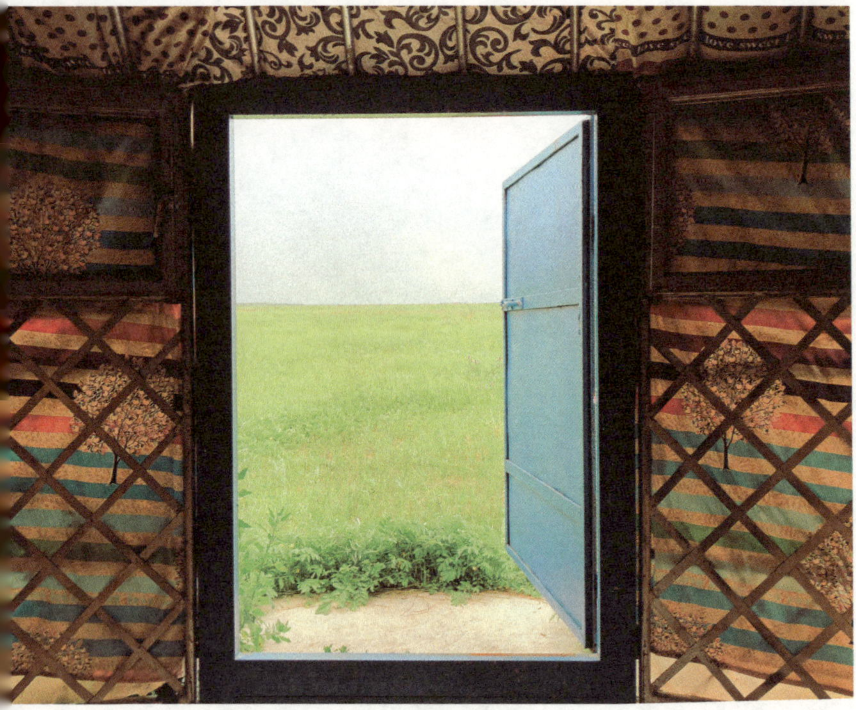

架,他弟弟和弟妹来上海闯荡,就在这工地干活,弟弟当力工,弟妹在食堂做饭,虽然挣得不多,但总比在老家强多了。

有天中午休息,两人买了半个西瓜在路边吃,本来封掉的路口,不知为何突然有辆大车冲了过去,一下子把两人都碾在了轮子底下。

司机当年住在苏州的郊区,当地派出所通知他到上海来认尸体时,他整个人是蒙的,但心里更多的是侥幸,觉得不可能。可到了停尸的地方,还没看到脸,他就知道死的是他弟弟了,因为他弟弟穿的那条裤子,还是从老家临走时,他给的。

他说完,通过后视镜,冲我呵呵一笑,那笑里没有一点伤感,我只能品出一些时过境迁的无奈。

他给我讲了这么一个故事,我不能再没有丝毫的反应,我问他,那后来呢?那个肇事司机抓到了吗?他说抓到了,是酒驾,但他又解释本不想喝的,可有几个朋友一直劝,就喝了两杯。记得当时那司机还给他下跪,请求他的原谅,估计也是为了拿到家属谅解书,少判两年。

他说完又呵呵地笑了,然后说从那以后,他就把酒戒了,到现在一口也没喝过。这回他脸上的表情倒是有了几分自豪。

我问他,那你现在每天开车上到高架,是不是总会想到弟弟?他急忙摇头,说那没有,有啥想的啊,样子都快想不起来了。我听了他的话，轻轻地哦了一声，也不知道该怎么接话。他就又说，都过去二十年了，想起来也没啥感觉了。他说完又笑了笑，这个笑比起前两个都复杂了很多，但一晃而过，我也没多想。

我们后来又随便聊了些话题，车子到了机场，我下车，从此这个人就基本和我的人生不会有瓜葛了。但那天，在飞机上，他最后那个笑容还一直在我脑子里挥之不去。我在高空中，半梦半醒间，耳朵因气压疼痛难忍时，忽然就想明白了那个笑容。

当一件极大的悲剧发生后，当巨大的痛苦和冲击渐渐平缓下来，当时间熬过一圈又一圈，生命中又有新的事物填补进来滋养生长出更多喜怒哀乐后，那悲剧在心里的重量就慢慢减轻了，那痛苦的感觉也模棱两可了，一点一点地，讲多了，回忆多了，重述多了，就没啥感觉了。

那司机最后的笑容，就是对于没啥感觉这件事感到愧疚。他知道不该，知道那是手足，知道他的胳膊可能就埋在路下面，知道应该每次提起就伤感才是正确的。可一晃二十年过去了，他就是没有感觉了，就是像讲一个听过看过的故事般，把自己的感情高高挂起。

我那时才猛地明白，人生到了某个阶段回头看，再大的事都可作笑谈，都不足挂齿，都风轻云淡。

如果还不能，那就再等等。

2

前年的冬天,我和两个朋友合开了一家编剧工作室,算是开始正经八百地创业。创业公司都不容易,疲惫奔波在所难免,每天的休息时间被压缩到很短,私人生活更是几乎归零。累极了的时候,我们仨偶尔抱怨,但说着说着也就都认了,成年人的生活里没有容易二字,这是我们最经常用来宽慰自己的话。何况每个人对于未来都有一个理想的样子,为了那个或许能触摸到的样子,我们只能硬着头皮去努力。

在某次连续高强度地工作了一个月后的凌晨,我的身体突然撑不住了,心脏疼得厉害,我躺在沙发上休息一会儿,他俩继续工作,但回头叫我的时候,我却没有能及时回答,他俩都害怕了,急忙来看我的情况。我觉得没什么大事,心里也清楚他们在喊我,只是因为太难受了,说不出话来。后来缓了一会儿,吃了点药就差不多没事了,倒是把他俩吓得够呛。

那天工作结束时已经是早上九点,我回到房间睡觉,不知睡了多久,心脏部位又开始疼,把我疼醒了。我当下爬了起来,很无助,想着自己会不会就这么死了,然后拿出手机,打算把遗书写在备忘录里。但拿起手机那一刻,突然又不知道该写点什么,于是又把手机放了回去,只觉得好累啊,算了吧,就又躺下睡觉了。

再醒来的时候，天已经黑了，心脏部位还是隐隐地不舒服，但比之前好多了。再回想之前那一刻，也没觉得有什么恐慌，也不觉得万一就这么死了，会有多么大的遗憾，只是觉得，哦，原来在有可能死之前是这种感觉。这么一想，竟也轻松了，然后产生一丝对自己竟有如此态度的惊讶。

前几年的我还做不到这么豁达，那时我很害怕坐飞机，一开始只是自己紧张，到后来渐渐发展到我每次登机前都会给李田发一个信息，交代一下如果我出事了他替我做几件事，大概也就是银行账户房产版权这类的东西。但每次也都会有稍许不同，会再多附加一些当下觉得重要的事情，比如这是我妈的新号码，比如谁新欠了我的钱，比如给谁带句话。

那时的我处处谨小慎微，不喜欢任何在自己掌控之外的事情，厌恶所有不遵守规则的人，怕那些不遵守规则和不受控制的事物伤害到我。倒并不是多珍惜生命，抽烟喝酒还是很凶，怕的多是这些横生的枝节打乱规划好的生活，怕这些飞来的横祸，终结自己的生命。那时觉得还有好多好多想做的事情还没做，不想潦草地结束这一生。

到现在，我有了更多想做的事情，比那时要多太多，可逐渐也就因这些太多想做的事情，而不担心没做到或是做不完了。因为在做这些事情的过程中，我悲哀地发现，人类的欲望是无穷尽的，见过了草原，想见山海，得到了温柔又想要勇敢，哪怕那些平凡过一生的最卑微愿望里，也藏着无数小小的追求和祈祷，没完没了。

我曾以为自己是特殊的，是特别的，是能够轻易得到广义上的满足的，可我错了，那每一个小小的欲望都是深渊，为了填满它，人们都做出了热情和蓬勃的假象。

都说无欲则刚，但无欲也则死，所有对生活的热情，对世界的眷恋，对死亡的恐惧，都是因为欲望还没有被填满，都是还有未完成的残念挂在心间。

那欲望如同细胞般，一颗一颗组成了一个器官，组成了一个人。一个人的消亡，在他的社会关系里，是件天大的事。但一颗细胞的消亡，却小得无从察觉。

生死如此宏大的事情，原来也这么经不起探究。

3

去年夏天的时候，在东海的某个小岛上，买了一间公寓。窗外就是大海，夜晚的海浪声不停歇地入梦，偶尔在深夜醒来或没来得及入睡，还能看到月亮把一层柔和的光投在海面上。我曾说过我喜欢大海，觉得它能装下一生的艰难和温柔。所以当那海风掺和着月色吹进屋子时，我会难得地感到平静和幸福。

小岛距离大陆板块不远不近，一个多小时的行程，我总是乘夜船抵达。大船穿行在海面上，只能看得到四周一小片的海水,被船桨搅得稀里哗啦。我在甲板上抽烟,远方一望无际的漆黑,繁星如豆,会在某些时刻,幻觉是在宇宙中航行,已经离地球很远,远到再也回不去,地球已是那繁星中的一颗,可我也分不清是哪一颗。

近几年多看了几本科幻小说,如果说读历史能读到人类面对教训的不长记性,那读科幻,只会感受到人类的渺小与可笑。浩瀚宇宙中的一粒尘埃,转啊飘啊,一颗流星撞来,下一秒就可能毁灭。上面的小孩子不知道会发生什么,还在为一颗糖哭闹。

而大人们呢,所有的道理都懂啊,不懂的也懵懂地知会了,然后却萌生出更多膨胀的自大,艰难地穿行在一条本该辽阔的窄路上,跌跌撞撞,遍体鳞伤。

知识从来不是人生关卡的通行证,智慧才是轮子上的润滑剂,可到头来也只因放大了的感受,而忘乎了理智的客观,把一叶扁舟的倾覆,看作巨轮的沉没,声嘶力竭。

直到死亡来临的前夕,侥幸者才能明白,这所有的盛大与微苦,都是虚光,化作繁星的先贤也都曾经历,只是告知了也无人明晰,明晰了也无人神会,每一遭都得自己磕碰,结痂了方知警醒,有的来得及,有的只能追悔。

我抽身回到船舱,乘客们大多在昏睡,少数的看着电视里的节目或是在玩手机,有个小女孩,站在椅子上,趴着往窗外看,不知道能看到什么。我坐回座位,也想着睡一会儿,迷迷糊糊之间,下了个惶恐的定论:人生的事情只有两种,经历过的和没经历过的,没有大小之分。

海面一片漆黑的深远处,有了点点星火,快靠岸了,那斑斓的微光,像极了一场虚妄,也是终点。

4

去年夏末的时候,在小岛遇到了台风,所有的船只都停运了,我的离开计划也暂时搁浅。听说台风一来,店铺都会停业,我便提前准备好了一些速食品,堆在冰箱里,用来果腹。

天边也堆起了铅云,雨还没落下,我在傍晚的时候出门跑步,沿着弯曲的公路,上下兜转。驻防的士兵们,也在跑步,一边喊着整齐的口号,一边和我迎着擦身而过。

整座小岛,已呈现出台风到来前的萧索感,云层越积越厚,有个正在关店门的老大娘,冲我喊着别跑了,快下雨了。我后知后觉才反应过来,可也已经跑远了回应不了。那时我的心里因着某些事情的堆积,压抑而苦闷,总想着些快速解脱之法,郁郁不得。

雨夹在风中拍在了脸上,衣服也渐渐湿了,我左腿的膝盖越来越疼,我还在咬着牙跑着,也不知道在坚持些什么。又多跑了几步,眼前忽地豁然开朗,一整片海拦住去路。

我站在了堤坝上,雨和风越发猛烈,这时耳机里传来

林肯公园的歌曲,唱这歌的人一年前自杀了,可他却在唱着:

Who cares if one more light goes out?

In the sky of a million stars,

It flickers, flickers.

Who cares when someone's time runs out?

If a moment is all we are,

Or quicker, quicker.

(谁会在乎又一盏灯火暗淡?

星光璀璨的天际,

光芒闪耀,熠熠生辉。

谁会在乎谁的生命走到了尽头?

如果短暂瞬间便是你我存在的时限,

或转瞬即逝,稍纵即逝。)

我的眼泪一下子涌了出来,停下脚步,躬着身子大口喘着气。我的全身都已经湿透,面对着一整片灰色的海,烟波浩渺,看不到尽头。

耳边一直重复着那句歌词:

Who cares if one more light goes out?

Well I do.

(谁会在乎又一盏灯火暗淡?

我在乎。)

我从遥远的地方来看你

1

从鄂温克旗到呼伦湖,三百多公里的路程,我开了五个多小时,腰都快断了。昨晚喝了一些酒,感觉没喝多,又像是喝多了,头晕乎乎的,睡到快中午才起床,也没吃午饭,开着车子就上路了。

由于神志没那么清醒,车子开得也就慢了许多,除了那些经过牧民居住区限速四十的路段,剩下的路程,我也没能超过时速一百。可能是车子有些破,开得稍微快一点,就摇摇晃晃,也可能是草原上的风太大,呼啸着拽着方向盘,稍不留意,车轮就往路边偏。

于是我就那么慢悠悠地开着,偶尔被几辆车超过,偶尔也会超过几辆慢车,望着前方那长长的路,弯弯曲曲地没有尽头,忽然就明白了,草原歌曲里唱到的"长长的路能把天涯望断"并不是夸张的笔法。

我盯着公路的最远方,那地面在阳光下虚晃着,似乎也飘着一层云,我盯着盯着,眼睛就慢慢地想要合上了。我摇晃了几下脑袋,换来了短暂的清醒,看到前边的服务区,就开了进去。服务区没什么汽车,倒是有几台摩托车停在这里,几个中年男人在一旁抽着烟聊天,听着是北京来的,一路骑行去满洲里,不过国境,没什么更多的野心,在真正的夏天到来之前,给生活找一些乐趣,或是抵抗些虚无的危机。

我也站在他们旁边抽了根烟,服务区的商店没开门,甚至连洗手间都锁着,似一座废弃的房屋,无人看管,这一处就纯粹地变成了一个落难者的歇脚点。草原那么平整和辽阔,本哪里都可以停靠,偏偏这里多建出一座凉亭,灌满了风,但没人坐在里面,停在这里的人和这一座凉亭,都莫名地心虚着,找不到任何存在的意义。

我继续开车前进,那些骑行的人也上路了,大排量的摩托车呼啸着从我身边驶过,似乎带着所有年轻过的骄傲,很快就把我甩掉了。我为了抵抗疲劳,把车里的音箱开到老大,就那么一张CD,十几首草原歌曲,还有几首划伤卡碟,来来回回地听,就都有了烦躁的倾向。

路旁突然冲出了几头牛,我猛打方向盘,又急忙踩下刹车,牛算是没撞到,它们慢慢悠悠地甩着尾巴到了另一边的草地里,而我的车子差一点掉下了路基。停稳后我也松了一口气,可一看车子的手扣被颠簸开,里面一堆零碎的东西散落了出来,我俯身去捡,可每一个东西都看起来无用且满是灰尘,我一下子就觉得厌倦了,够了,那烦躁彻底跑了出来。

我狠狠地摔了车门下车,捡起石头去砸那些老牛,却没有砸中,一堆鸟倒是惊起,短暂地飞走,又落下。我沿着公路往前走,一直走,不知要去哪,虽然知道车子就在身后,无论走到哪,还是会回来取车的,可在那个当下,就是想不管不顾地走下去。

大风呼呼地吹着,脸被高原的太阳晒得生疼,身边经过车子扬起的灰尘和细小的沙砾,落在头发上,落在身上,就觉得自己越发狼狈,身体有了真实的因不整洁引起的难受。

一个牧人骑马从小山坡下到公路,用生硬的普通话和我说,前面车祸了。我不知道他和我说这些干什么,说完他也就和我擦肩而过了。我怀着疑惑快走了起来,转了一个弯,就看到在转弯处一辆车子停在路边,车子伤得很严重,部件散落了一片。

"有人遭遇不幸了吗?"我心底一个声音在问自己,那声音在颤抖。

2

　　二十四小时之前，我在草原的另一片深处，和二十几个陌生人，手拉手围成了一个大圆圈，头顶的无人机耐着性子给我们拍照。那些陌生人，可能为了抵抗这种摆拍的尴尬，相继欢叫着。我也假模假式地叫了几声，叫完就后悔了，因为觉得更尴尬了。

　　接着一群人走向了一棵树，方圆几十公里内唯一的一棵树，孤零零地矗立在那里，就有了些高傲的神性，于是树干上就被围起了许多的红布条，树脚下摆放起了层层的石头。人们面对这种景象，会习惯性地叩拜，像是别人都拜了自己不拜就吃亏了一样，没有可深究的缘由。

　　再之后，这些人上了七八辆车子，和我一车的四个人，只有两个人是互相认识的，这一群二十多个人，差不多是七八伙。送我进来的人，只说带我去草原更深处玩一玩，把我送到了，他人却走了，我到最终也没搞清楚这聚会的成因，这些人具体是怎么凑到一起的，每伙人看每伙人都很陌生，但眼神里又都觉得应该是有纠葛的。那个人人尊敬被喊着领导的人，应该是这些人聚起来的最终原因，但他看着很多人的目光，也全都是陌生。

　　后来，我也不想再猜测这莫名聚会的原因了，就混吃混喝吧，混在人群中和混在风中一样，只要自己不觉得不自在，就没人会觉得你不自在。就如那些车子，沿着草原中唯一的一条车辙，摇晃着前行时，没有人会觉得带队的走错了路。

车队又往前走了几公里，当被一条大河拦住时，才意识到错误，可正确的路在哪里，也没人知道。"领导"联系了人，好久过后，一辆越野吉普开了过来，把大家带往另一个方向。又开了很久，车子在一处高地停下，这群人呼啦啦下了车，都在远眺，不知是远眺风景还是天边。然后吉普车上的人也下来了，是个蒙古族汉子，他指着目之所及处，没有一丝骄傲地说，能看到的地方，都是他家的。

我的眼睛有一百五十度近视，但也能看到一整片深绿铺在我眼前，一直到地平线，这是我看到过的最辽阔的家。视力正常的人，应该能看到更远。

在这片草场的近处，有一座小砖房，两座蒙古包，这就是我们今天要抵达的草原深处。

不知从谁那里听说的，我是个作家，于是这家的主人，那个开越野吉普的蒙古汉子过来和我说，之前有个英国作家也来过这里，还在他家住了一段时间，他语气里没有炫耀，只是陈述。我嗯嗯地点着头，也不知道该说什么好，其实我是想说太寂寞了吧？但又怕这话刺到他。我不确定这个糙汉子会不会有一颗敏感的心，这世界看多了，再也不敢对任何事笃定，只好沉默，再多一些沉默。

手机不知道在什么时候，已经没有了信号，可能是在离开那棵神树以后,也可能是车队碾压过一条贴着地表流动的溪水之前。我举着手机绕着那两座蒙古包转了几圈,还是没有丝毫的信号,就看到一个二十出头的小伙子,站在小砖房和蒙古包之间的一处空地上,一动不动地盯着手机看。我走过去,看到他在刷抖音,不等我问,他便有些得意地说:"就这有信号。"他跺了跺脚,脚下一平方米大小的地方,草都被踩没了。

我看了看手机,果然有了信号,但也是忽隐忽现的。我查看了几封邮件,再抬头,忽然意识到,在无际的草原上,我们俩却被困于这一平方米的空间里,动都不太敢动。这有些滑稽,我便走了出去,手机自然也没有了信号,如一束光,遁入广袤的黑夜中,用力找都找不见了。

后来我听说,那个小伙子是这家主人的儿子,这家有两个儿子,他是弟弟,哥哥因骑马骑得好,被国家选去学马术了。他没什么特别之处,便在这草原深处做牧民,那一平方米的地方,就是他和外部世界的大部分勾连。我不清楚他心里有没有不甘,有没有对哥哥的羡慕,有没有对手机里那些热闹的向往……我统统不知道,也不能问,就远远看着他,站在那里,一直刷啊刷的,脸上时不时露出笑意。

他是在那里站了很长时间之后,才挪地方的,他端着一个大铁托盘,走进蒙古包,给我们送吃的。铁托盘里装满了煮熟的羊肉、血肠、土豆等食物,都是白水煮的,不放任何调料。我们那时二十几个人围坐在蒙古包里的长桌旁,饥饿得都有些生气,这一盘子东西上来,大家都忘记了矜持,纷纷拿起了刀,切一块,蘸上一点蒜蓉辣酱,就送进嘴巴里。

接着是一盘一盘其他的东西送进来,有青菜,有奶酪,有一些干果,当然也少不了酒,是从"领导"的车上搬下来的。五十多度的白酒,一群人挨个倒上,老人和妇女也不例外,整个蒙古包里,酒气立马盖过了香气,人们先是客套着,介绍着,然后说着笑着,就都醉了。

醉的人都忘记了饥饿,那些铁托盘里的东西,没有人再碰,一个个人似现了原形:"领导"讲起了话,滴水不漏;业余歌手唱起了歌,抓不准节奏;牧民哼起长调,低沉婉转;舞蹈演员旋转起身体,已有些僵硬;一个小个子男人翻起了跟头,身份只能猜个大概。我被逼得无奈,怕别人怀疑我是来混饭的,是个假的写作者,便也硬着头皮现场作诗一首,赢得了一些掌声和拍肩拍背。

不知道是酒量差还是羞愧,我醉得更厉害了,整个蒙古包在旋转,长桌在旋转,人们在旋转,蒙古包顶露出的一小块天也在旋转,有大片乌云,旋转地飘了过来。

我们一群人不知怎么的都跑出了蒙古包,又开始了拉手转圈的游戏,可所有人都东倒西歪,围不成一个标准的圆。

他 方

可也不强求,笑着闹着散开了。我坐在一架报废的拉水车上,看到一个女人似乎跑到了地平线的边上,在齐腰高的荒草里,也把自己当成了一株荒草,跟随着风来回晃动着身子。

她头顶是压境的乌云,她伸出的胳膊似乎再高一点就能够碰到那云,有闪电在云上劈下来,那女人也不怕,继续晃动着身子,我拿手机拍下这画面,像一幅画,和疾病与自由有关。

"你要爱草原上的风,胜过贫穷与思考",我脑子里冒出这么一句别人的诗,然后雨就落了下来,凌乱的脚步,满地的泥浆,一整片草原的油彩,全都融进了眼眶里。

我躲进一辆车里,门窗关紧,在风雨声中,睡了一个以为再也不会醒的觉。

3

一个月前,我在北京,深夜蜷缩在沙发上,电视里在播放唱歌的节目,其中有个歌手唱起了一首草原的歌曲,那首歌我听过很多遍,都没有任何触动,但在那个夜里,也不知道是时间空间或是境遇情绪哪里出了错,突然猛地就想起了你,想给你打个电话,哪怕只是单纯地问声好。

可犹豫了好久,电话并没有打出去,而是发了一条信息:"好久没联系了,最近好吗?"过了差不多五分钟,我在沙发上要睡过去了,也快把这条信息忘了时,你的电话打来了。我们也没聊什么具体的事情，通话的三分钟里，话题都围绕着所有核心问题的边缘转圈，到最后却莫名地达成了有空去找你玩的约定。

六月末的清晨微凉，可只那么一点点落在皮肤上的温热，就能感受到暑气已经伏击在路上。我站在机场门前吸烟，天光在东方的星空底下泛白，说是星空，其实也就只有几颗。来北京这些年，也看不到过多的繁星，深夜里抬起头，满眼的昏沉，像极了这些年的生活，浑浑噩噩就过来了。那种如同秋日里的晨光落在白衬衫上的明亮日子，躲进了记忆很深的地方，翻找也不容易看到。

在飞机上，我睡了一觉，迷迷糊糊的，也没有睡好，被突如其来的一束光晃醒，发现遮阳板忘记关上，我眯着眼睛看窗外，清爽的好天气，没有一丝云。这样的高空也没有云，飞机就像在一块玻璃板上缓慢滑行，我再仔细看了看下方，透明玻璃罩着一整片绿色，没有边际。

这片草原，我就这么又回来了，调整好椅背的那个刹那，我才意识到，已经六年了。时间总是在用来感慨时才有最清晰的分量。

飞机降落，滑行，走出机舱，那种只属于草原清晨的浓烈日光和混着草香的空气，一下子就把深层记忆中的熟悉感勾了出来。我愣了下神，被身后的乘客轻轻推了一下，才继续往前走。机场太小，不用搭摆渡车，我背着背包走进候机楼,在等行李时,看着那一圈圈旋转的转盘,不知怎么的,突然胆怯了,这种胆怯近乎于近乡情怯,也近乎于久别重逢,怕尴尬,怕没话说,怕一切都和自己预想的不一样,但最怕的应该是物是人非。

可到底什么样才算物是人非呢?

人类到了某一个年龄区间,岁月会在其身上失效一段时间,你也就看起来没有太多的变化,微胖了一点,眼底里也多了更深的从容。你也说我一点没变,我也就明白,人的心境是最难吐露也最难察觉改变的,我们都喜欢以外表来评判他人,这最直接也最容易出错。如果再深究,这些流于皮表的交流,可能都隶属于客套。

接下来的几天里,我没有太多清醒的时刻,热情也好,风俗也罢,总之从你在机场接走我后,我便一直处于酒醉的状态。和很多曾经熟识的人,不熟的人,还有一些新认识的人,喝下了一杯又一杯的酒,说了很多有趣或无聊的笑话,叙了旧,讲了近况,说了些无关自身但宏大的醉话,我在很多个瞬间里,都忘记了自己身在何方。

那些酒局里,你有时在,有时不在,不在的时候我会想着你在哪?为什么没来?虽然心不在焉,但心里会轻松一点。你在的时候,我也会假装轻松。你不喝酒,就看着我和其他人喝,偶尔劝一两句,有时是劝喝,有时是劝不喝,但永远保持着微笑,这些年都没变过的微笑。

在某个酒局结束后，我们一起下楼，那天我没有喝太多，夜也没有很深，我们站在饭店的门前，看东边一轮满月爬上了树梢，而西边的天际线还有一抹红色。我点了一根烟，很缓慢地抽着，心里藏着许多的话，想要说却又不知道怎么说。

我们就那么静静地站了很久，饭店里传来音乐的声音，那一刻时间仿佛回到了多年前的日子，我们都年轻得可怕，却又胆小得要命，坐在一辆穿梭在绿地和白云间的车上，不敢牵手，只敢分享一只耳机。现在也忘了那首歌叫什么，只记得我们看着眼前的风景，一只耳朵里的音符，满是快乐。

饭店里拥出来的另一群人，打断了我的思绪，你好像也刚回过神来。我们看了对方一眼，没理由地笑了，似乎看透了对方刚才都在想着同一件事。你突然问我，这些年过得好吗？我不能说不好，怕让你看到脆弱，一直都是。你说那就好，要加油，有什么事需要帮忙和我说。我想了想，虽然近年内心总觉得苦闷，但也真没有什么实质性的困难，便点了点头，又点了一根烟。

那晚到最终，我想说的话也没说出来，其实也没什么能说的了，我都明白，从你的态度和友善的招待里全都明白了。你挥手告别时说，明天给我安排一个草原深处的游玩。我那时以为你也会一起去，还期待了一夜，但最终却是和二十个陌生的人转圈圈。我真是好生气啊，胸中闷着一大口气，在那场雨里，我坐在车里，说了几十遍，最终没能开口对你说出的话。

那些话和当年一模一样，你听了也可能会假装听不见吧？

4

从鄂温克旗伊敏河镇到呼伦湖，三百多公里的路程，我开了五个多小时，第三个小时，我气急败坏地下车，遇到了一场车祸，小心翼翼地往车边走，越靠近越胆怯，害怕看到奄奄一息或血流成河的画面。我要承认自己的自私，我对陌生人一般都不会有高尚的情感，我害怕的只是这画面的冲击会让自己做噩梦。

我终于走到了那辆车旁边，保险杠和玻璃碎片散落在周围，车里却空空如也，我再仔细看了看，也没有血迹。人去哪了？被送去医院了？还是自己下车离开了？我猜测着，就又慢慢地往后退，心里都是汽车会爆炸的场面。我承认自己悲观至极，也有被迫害妄想症，我提防着这世界上的一切，连爱也包括。

现在我离那辆车已经有二十多米远了，我站在路边抽了根烟，看经过的车辆都放慢速度，打量着它，然后再离开。我不知道自己为什么还要停留在这里，陆地上的车祸和海洋里的飞鱼都是普通之事，不能因为我遇见了就变得特别。

我打算抽完那根烟就回到自己的车里，然后就看到了远处一个人快步地走过来，看起来应该是车的主人，身后还跟着一辆拖车。那人越走越近，穿着白色的T恤，黑色的休闲裤。我低头看了一眼自己的穿着，我俩一样。有那么一瞬间，我的汗毛是战栗的，如惊觉自己是逃离的灵魂般，不可思议地看着肉身。那个人在空气的浮动中看不清面孔，只是一个黑白相间的物种，在朝我靠近，我转身跑掉了。

我跑回自己的车上，启动，继续往前开，路过那辆车旁，看到车主和拖车的人一起在操作要把车拖走。他并不是我，和我长得也不像，只是一个倒霉的人，开车在草原上打了个盹，和一个小时之前的我一样，太困了，支撑不住了。

这条路不知道困死了多少人，漫漫荒凉得和很多人的一生一样。

抵达呼伦湖时，突然下起了雨，我把车子停在了停车场，小跑着进了湖边的宾馆，开了一个位于二楼的房间，坐在阳台上看那些四处逃散的游客，被倾盆的大雨覆盖住，湖水也被覆盖，天空差一点也被覆盖了。我看了一会儿，就觉得困了，也是一路开车太累，便拉上窗帘，想着小睡一会儿，可再一睁眼，已是黄昏。

我拉开窗帘，雨停了，黄昏也接近尾声，只在那厚重乌云的边际，有几缕晚霞，还强撑着不肯熄灭，但只这几缕就够了，足够把整个湖面照亮。那浩瀚如海的湖面，在微凉的晚风里，荡漾着。

湖边的人群全都散得干净，车辆也一辆都没剩，建筑物的灯火也全都暗了下来，唯独我的窗子，还亮着一盏灯。等那晚霞消失了，我的这盏灯，就成了最亮的星辰，再往这星辰里使劲地看，能看到一个人，静坐在阳台上，似乎在守着整座湖泊，但更像是湖水在陪着他打发这一生的寂寞。

我好久没有这种旷远的寂寞了，躲在心里的人和事，也就都趁机溜了出来。我看了看手机，没有你的信息，这一路都没有，哪怕是最简单的询问。对于你的怨恨就又多了几分。

人的欲望真是千奇百怪，想要金钱，想要名声，想要尊重，想要自由，又想要爱。每一样得不到，都会痛苦，都会牵绊一生，多难啊。

而那一晚，我的欲望和愤懑，一整湖的水都浇不灭。

我在房间的小冰箱里，翻出了几罐啤酒，静静地看着晚霞，等晚霞彻底消失了，我的酒也喝完了。看着那浓稠的夜，湖水的荡漾声来来去去，心中的话，突然就不想说了，这些年的话都不想说了。

后来我躺在床上，睡意渐渐昏沉之际，猛地有了一丝释怀，如春风掠过冰封的湖面时带来的那些解冻的咔咔声，心里的有些事也该融化了吧？可能是晕眩带来的后果，我感觉自己整个人如同漂浮在水面上，然后一点点地吐气，一点点地下沉，整个人就要沉入温柔的水底了。

猛然想起某个夏日的泳池里，我漂浮在水中，想到的一些话："可能人这一辈子，心里真的得有一个重要的人，我们做的所有事都是给这个人看的，在自己顺风或逆境时，想到这个人就能坚持下去。那些说，做的事情只给自己看就好的话，我以前也相信，但我现在觉得那样太寂寞了，太高级了，就快接近无欲了，也就等于无趣了。所以，一定要找到那个人，是爱的人最好，实在没有，恨的人也行。"

可我到如今，还是希望是爱的人，远远地爱着，深沉地爱着，永不见面地爱着，都好。

隔天一早，天气晴朗，我离开了呼伦湖，这一夜寂寥，比任何风景都要辽阔。我也要离开这片草原，回归北京我那全副武装的生活之中，那里不需要复杂的情感和软弱之心。

我开着车，一路往回走，看着车窗外那地平线上的晨光，猛地有想要流泪的冲动。不是被风景震撼，也不是心生难过，只是觉得或许每个人心中都该有一片土地，它只要老实地待在那里就好，我可以长时间地怀念，只是偶尔踏足，不必深入，也不必过多地去思考，只要它还在那里就好。对的，人也是。

我在那个瞬间，明白了一件早就该明白的事情，时间是可以消解一切的，但它并不会治愈一切，很多内心的闭口，又会在某时撕开,难以启齿。

而关于生活的真谛,我也觉得就快找到了,就快了,就快能轻易地说出口了,等等,再等等。

我应该还会再回来看你,无论多遥远,哪怕天各一方。

我们都会因软弱而得到幸福。

阳光普照

1

恐飞这个毛病,一直都没好,可有些目的地,乘坐地面的交通工具过去,又周转又漫长,于是那奔波之苦便战胜了恐惧,或许也是因那恐惧不够绝对,便丧失了立场,退让了,只能小心翼翼地作祟。

这趟飞机还好,没有很大的颠簸,夜晚的天空,平静而清澈,可每次有些细微地晃动,我仍旧会害怕,就冲空乘人员要了啤酒,喝下半罐后还是不行,便索性打开电脑来写作,至少能分散些注意力。

写作的内容是一个剧本,讲近未来世界的,里面的人都有种落不了地的悬浮感,改了又改,还是不行,每个行为每个事物都缺乏代入感。可又要讲谈恋爱,感情虽是共通的,但和机器人谈,又是另一种规则,没有经验,也就没了把握，下笔全都是心虚，却又在强撑着，希望找到些至少能说服自己的动机，最后全都失败了。

我又喝了口啤酒，罐子也见底了，干脆把电脑也合上，看一旁的备备，已经睡着了，微微侧着头，眉头却紧皱着，似乎在做一个为难的梦。或许是因着酒精缓慢地起了作用，我没那么怕了，拉开遮阳板看外面，巨大的机翼掠过空中，身下正经过一座未眠的小城，万盏灯火聚在一方，寒冬里的绵长温柔。

在登上这架飞机之前，我在上海连开了半个多月的会。上海的冬季不似北方那么寒冷，但也时常露出阴冷的一面，特别是在雨天，凉气丝丝缕缕地往身子里钻。

我和备备每天开会到深夜，从会议室出来打车回家时，只在路边等待的几分钟里，都会冻得哆哆嗦嗦。偶尔遇到大风，更是要抱紧彼此来做抵御，所以总免不了怨声载道，去埋怨那该死的天气，和迟迟不到的汽车，以及一些生活中随便的不如意。

后来会议终于结束，也几近年底，我和备备打算旅行跨年，我问她想去哪儿？她说这些日子冻坏了，想去一个温暖的地方。我说好啊，这寒冷我也是厌倦了，那咱们就去个温暖的地方。

2

西双版纳这个名字，小时候总在歌里听到："美丽的西双版纳，留不住我的爸爸，上海那么大，有没有我的家……"那是一部电视剧的主题曲，当年风靡全国，剧情不太记得了，我妈以前倒是经常提起，说能把人看得嗷嗷哭。

我有没有看哭也不记得了，脑子里只留下过几个印象，傣族风情，椰林大象，以及位置偏远交通不便，等等。过了这些年，无论是主动还是被动，也都没有去更新这印象。偶尔看到朋友去那里玩过，闲来无事也去查了查，发现仍旧没有通火车，便也就打消了前往的念头。

这次和备备商量目的地的时候，因去过多次，便排除了三亚泰国等热门跨年地，备备便极力推荐西双版纳，她说前几年她来过这里，并列举了一些好玩的缘由。听起来是有些吸引人，但也掺杂了太多"文艺"的成分，这成分让我心生退却。

文艺并不是个贬义词，可这些年四处走停，却越来越怕了这份文艺。那些被过多渲染的在别处的生活方式，永远在路上就能逃避现实的态度，大都市倦怠后的避世民谣，喝一壶茶一杯酒就能有的淡泊与豪情，等等等等，统统都让我感到害怕。

不可否认的是，我曾经也短暂地陷入进去过，但幸好得以迅速抽离，并以俯瞰的方式来试问自己，是真心享受还是在闪躲什么？是心之向往还是不顺意的遮羞布？

不去妄议他人的心境，我倒是得到了准确的答案，并甘心以更朴素的生活心态去与自己和解。于是很久以后，便如跳出火坑的人般，不愿再回头看，怕那深渊里显现的全都是过往的造作。

但备备还是说服了我，以一种软磨硬泡的方式。在面对她的时候，我没有太多立场可言，以前坚持过，后来慢慢软化掉了，不是原则上的问题，我都会想办法去妥协。这样一路下来，她似乎找到了掌控我的方法，我后知后觉已无济于事。

两个人的相处模式，与你和这个世界的相处几近雷同，热爱的不必多说，不快的终会适应，人世走一遭，与人爱一场，都是水过大地，绕山入谷，几经兜转，便有了河流的形状。

3

飞机落地，已是深夜，我俩在酒店办好入住，可能被这天气的温热所感染，竟都没有一丝的困意，便出门找吃的。西双版纳的深夜也并不寂静，星光夜市的灯火灿烂，人声已在鼎沸处滑落，可也仍旧喧闹，四方游客穿行于此，都想逛出一份自己的热闹。

我和备备选择了一处烧烤摊，点了些当地特色的食物，然后坐在街边的小桌旁,焦急地等候着。我对吃向来没有什么追求,但很挑剔,不太碰陌生的食材,总是按着多年的习惯去选择,翻来覆去也就那么几样,别人看起来都嫌乏味。

于是吃的一道道上来,有些合得来口味,便多吃一点,有些吃一口便放下了筷子,留给备备。她在吃的这一点上于我来说是异类,什么新鲜都敢去尝,好吃的话就是赚到了,不好吃也无妨,下次不吃就行了,也够坦荡。

可我却学不来,大概和生性有关,凡事想求个安稳,不愿冒险,怕结果不好,甚而悲观好的结果不会多,何必去强求。想到这里,也觉不太好,一点口头上的小事不必纠结,也正好从这一点小事上去改变,便夹了一口那刚端上来的陌生的虫子,嚼下去,不好吃也不难吃,这算什么结果?无好无坏便理不清,算了,生活从来都没有准确答案,我还是再喝一瓶冰啤酒吧。

喝过那瓶冰啤酒,夜便更深了,旅人和摊主都已倦了,便有了散去的迹象。我和备备两人兴致还未阑珊,就沿着那小路兜转,并不想买什么,却也对什么都有兴趣。

路过一个卖手鼓的摊位,老板准备收摊,也不再敲打。备备就坐过去敲打了几段,倒也像模像样。她说自己前几年在这边住过一段时间,也在这里摆摊卖过手鼓。

她从未和我说过这样一种经历,我听着新奇,难免惊讶,也因这惊讶而陷入沉思。或许我们都在追求简单,怕了繁复,可一个人无论现在过着怎样单纯的生活,他的过去都应该是复杂而辽阔的,都有自己曾经的形状。然后遇到一个人,藏好过往,重新塑形,磨合改变,才有了此刻站在你眼前的样子,也让此刻成了唯一的意义。

一念及此,心中有些固执的事物松动了。

4

一个多月前,差不多是南方刚刚入冬的时候,我和备备去了一趟她家所在的城市,目的是去看房。可那时我俩也并没有结婚的打算,这看房的真实企图就有些含糊不清,可以说是投资,也可以说是为了以后结婚做准备,甚至说得再淡薄一点,就当作一次短暂的旅行。

可到了那里后,风声还是走漏了,备备的家人自然被惊动了,于是难免要去家里吃顿饭,认识一下亲戚。

一大桌子的陌生人,我靠在餐桌旁,小心谨慎地望着众人,听他们先是和我客套以及周到的照应,然后慢慢回到自己熟悉的语境里,用家乡话说笑。那方言似一道屏障,把我隔离在了外面,孤零零一个人,什么都听不懂,只好低头吃菜。

可我对这境遇也并不觉得难受,甚至比刚才的热络要好对付。我这些年来秉持着冷漠疏离的处事方式,因恪守自己的边界，也就不去触碰他人的领域。于是，那些热情和亲切就都成了负担，怕别人给的我无力偿还，就渴望着能遇到些同样信奉冷漠的人。然后在那个时刻，这听不懂的语言竟成了我的保护伞，让我一直提着的一口气得以喘息。

备备看出了我的拘谨，在饭后回到酒店后问我是不是不舒服？我觉得自己要没有恶意地说出实话，便回答是，但我知道这是我自己的原因，不怪他人。

她说虽然知道不怪他人，可她还是觉得很愧疚，只是单纯地因为我不舒服这一点。相处这么久，她在慢慢地更了解我，也在接受着我这个他人口中的文艺青年和别人的不同，并选择大多站在理解我的心境这边。

那晚我翻来覆去无法入眠，思考了很多关于未来关于婚姻的问题，两个人生活轨迹的重叠交汇我已能坦然面对，可要结识一群陌生人，并接纳他们走入自己的人生这一点，我却始终在抗拒。我所接受的单纯婚姻关系和两个家庭的结合这一点显然冲突，人需要边界感这一观点在面对家庭时也无处申辩。

想到此，就又心生出许多的忧愁和烦躁，这些烦忧在他人眼中，或许也无法共情，是有病，是活该。

于是我又只能小心地去藏好这份私人的恐惧，去睁着眼跟随大多数人的正道，踽踽前行。

这人间敞亮，我却不够坦荡。

5

清晨的阳光，透过庙宇的缝隙普照过来，落在身上，心上却也有了种清净的微凉。

写作这些年，基本都是晚睡，早起便成了难得。我和备备在酒店吃过早餐后，出门闲逛，走着走着，就到了大金塔寺。我俩都没有信奉任何宗教，可见到这种恢宏的庙宇，还是会心生敬畏。仰望之时，总觉得有双未知的眼睛在俯瞰着你，如同在高山大河面前，会感知到有种庞大的力量在照拂着万物，于是内心那些小的纠葛和灰暗，都在这巨像面前，没了底气。

有时还会因这庙宇地面的干净，而产生我也可以每日洒水拂尘的念头，过一种更淡泊也更坚定的日子，或许这是某种神秘在向我招手，抑或是我还未能通透的心灵导向。可这世间杂乱零碎，一路奔跑撞坏了一路的残片，还需我用双手去敛起，任凭锋利去割破也不该有所抱怨。

知道阳光猛烈会让万物显形，便时常躲避日照，但也偶尔露出来吓坏自己，之后便恐惧日增，世事看透也没有解法，越是用力消解就越是趋向虚无，当一切走到尽头时，就渴望有神明来给我解惑，帮我度劫。

念念至此，又不敢去触碰信仰了，只因那敬畏不够纯粹。如凝望高山，不该想着迢迢翻越，凝望江湖，不该想着借道而行。

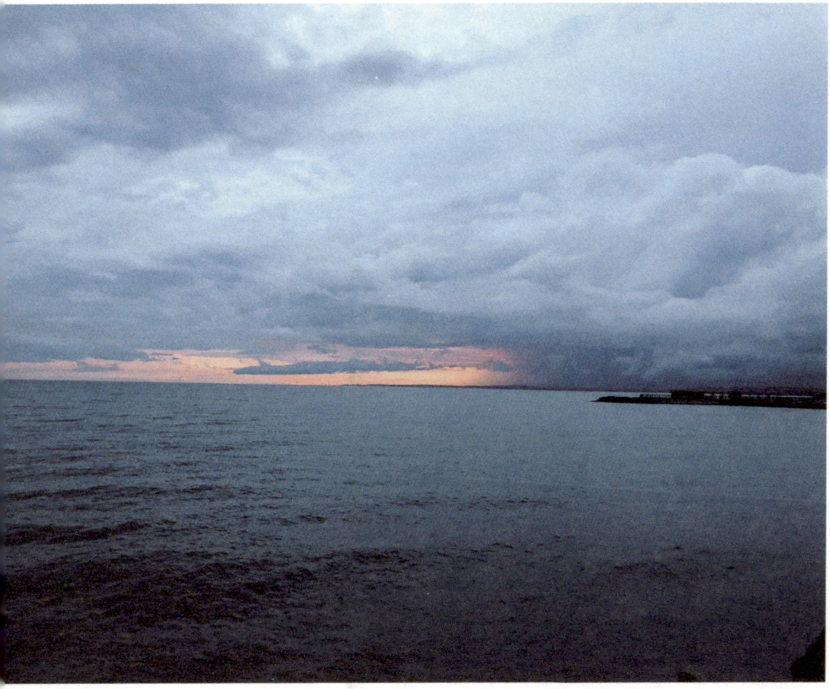

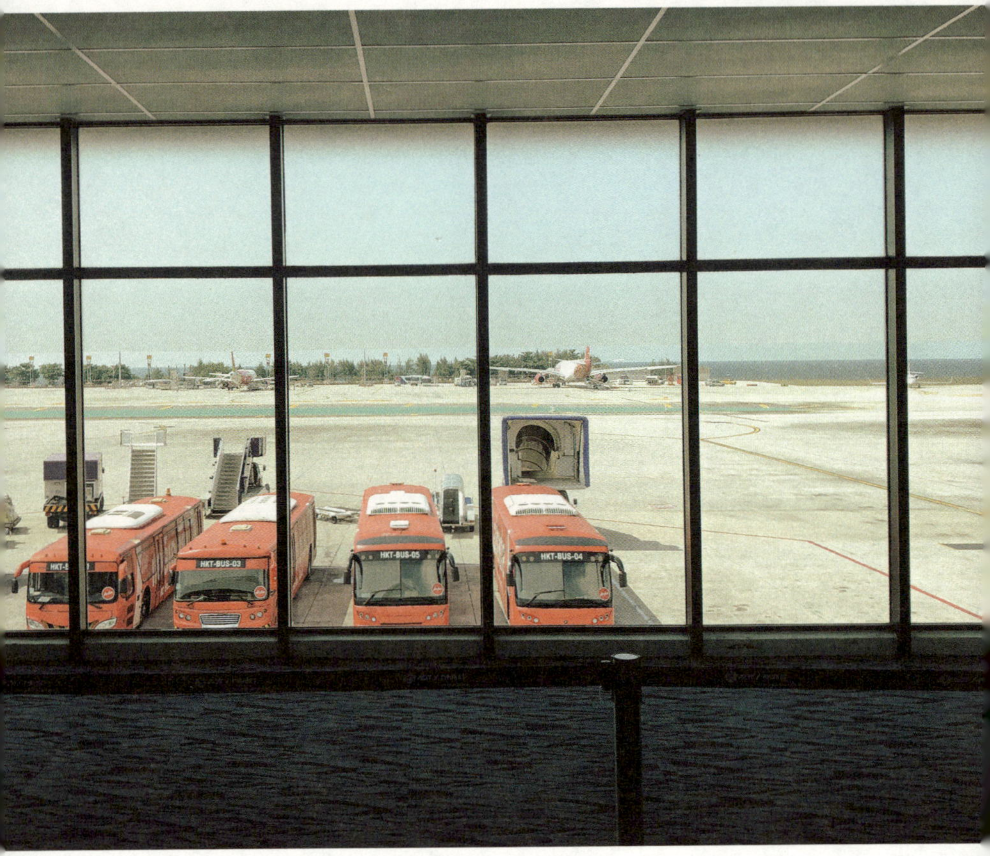
HKT-BUS-03
HKT-BUS-05
HKT-BUS-04

包车的师傅给我们打来电话,说是到了酒店门前,我们便离开寺庙,前去和他会合。按照昨天的约定,师傅载着我们一路到了基诺山寨,那里住着中国第五十六个民族,以前没背诵过全部的民族,这次就算头一次听说,用切身实际给往后的人生留下些烙印。

牛角字、大鼓门、牛头路,秀美的自然风光,神秘的原始宗教,古朴的生活方式……这些年去过的少数民族聚集地多了,也就没了初次涉及的触动,对于我这种不曾深入了解的过客来说,都有些大同小异的感受。

于是,当我坐在那繁多的游客之中,品尝着地方的美食,观看着刀山火舞的表演时,脑子里竟不受控制地闪过多年前在泸沽湖畔的夜晚。一群人围着篝火看表演,火光冲天,噼里啪啦地灼热我年轻的脸庞。酒醉的我沉入那黑夜,许下很多长久的诺言,轻易就把一生说完了。却在酒醒后的黎明中,发现余生还长,长到会不小心就把那夜晚都忘了。

备备碰了碰我,把我的思绪拉了回来,我的注意力再次回到那舞台上。演出此时已经进入了最后一个环节,一群着民族服饰的青年男女,簇拥着一位气质儒雅的中老年女人出场,主持人介绍女人是书法大师,女人也不羞赧,挥毫泼墨,飞快地完成了几幅作品,然后把字赠予观众,规则是谁的呼声大就给谁。

一时间游客呼喊声四起,本来规整的坐席也乱了分寸。我问备备想要吗?备备摇了摇头,我俩便在那慌乱中,先一步离开了。

　　我俩本想沿着原路回去,可都没什么方向感,便误入了一栋木楼,里面明显有人居住,但此刻却空荡,一簇炉火即将落架,上面的水壶正冒着白气。

　　我不知怎么,被那炉火所吸引,靠过去拍照片。吱呀一声,旁边的木门打开,一个身着本族服饰的女人走出来,迷惑地打量我们,却也不开口。而我也只是对她微笑,她便卸下了防备,在炉火旁坐下,但也无事可做,耐心地发着呆。那一刻,我似乎撞破了些遮蔽的时光。

　　我和备备走出那栋木楼,远处舞台的欢呼声仍旧继续,与这木楼的静谧相呼应。我不知这天天上演的戏剧和那炉火旁的寂寞,哪一种才是本来的日子,还是说都已在年年岁岁中,潜移默化成了共同的日常。

　　或许,这世间每一种生活都不值得称颂,也不值得厌恶,更不值得猎奇,因为,在那些熟悉它的人心中,都是日常。

6

　　我和备备在西双版纳住了五天,每一天的阳光都好到足以忘记上海的寒冷,那仅仅相隔几日的冬季,似乎已是多年前的记忆,偶尔拿出来回忆一下,还挺有谈资。

离开的前一天，我们没有去任何景点游玩，而是找了个咖啡馆闲坐。二楼阳台的位置，没有玻璃，伸出手就能摸到楼下的瓦片。两只猫蹲在瓦片上，倦怠地耷拉着眼睛，都不想搭理对方。

我俩喝着咖啡，吃着一些甜点，随便聊着些什么，她问我以后还会再来玩吗？我说应该会吧。她问为什么？我给不出一个准确的答案，却脱口而出"阳光普照"四个字。她点了点头，也不知道和我内心那笼统的感觉是否对应，我也不追问，她就起身去逗那两只猫。两只猫很禁逗，怎么弄也不恼也不跑。

我看着觉得好玩，笑意就不注意地挂在了脸上，心里却对自己说起了悄悄话，这世界是繁杂的，是拥挤的，是互相碰撞干扰的。作为个体，我们的艰涩来自想要过好自己的生活，却也想要得到他人的认可，想要坚持自己的理念，却又想要改变相悖的人，在这艰难与矛盾之间，平衡了又平衡，劝服了又劝服，于是郁闷四起，怨念丛生。

可这些也并不是我们原本想要的吧？我们或许可以剪掉一些枝叶，回归到一个寻常的欲望中，把所有的弯弯绕绕都捋直，这一路风光若都想要，那就去奔跑，去跨越，去正视虚妄，去直视恐惧，去克服闪躲。

山风过耳，春光尽收。

备备回过头看我，问我想什么呢？我摇了摇头，说没什么。然后在心里悄悄下了补充,还要在温暖的天气里,心境澄明地去爱一个人。

我们终会相遇

1

十二月底，中国西南的角落也初见寒光。

从景洪开往老挝勐赛的国际班车，在汽车站等待出发。清晨七点，天光未启，老板兼司机站在车前抽烟，一脸愁容。这辆荷载二十几人的小巴车，今天只卖出了两张票，单张一百多的票价，跑这三百多公里的路程，铁定了要赔钱。

但他似乎也习惯了这不景气，当检票员问他今天几个人时，他伸出两个手指头，苦笑了下，也没多几句抱怨。之前有景洪到老挝琅勃拉邦的汽车，也因为不景气，几个月前停掉了。于是从这中国西南边陲小城，开往老挝的陆路交通，就剩下两列了，一列是直通万象的，另一列就是他这辆了。

从昆明途经西双版纳到老挝万象的铁路已经在建了，

预估2021年通车，等到那时，就更没有人坐汽车了，他也开始琢磨要换一个营生了。

今天的乘客是两个年轻人，看上去是一对情侣，两人拖着行李箱上车，问需要对号入座吗？司机摇摇头，说就你两人。他俩也不懂这是件该难过的事情，竟眼露惊喜说运气太好了，包车！然后男生看车子地面上有很多泥土，那还是前天回程时留下的，没来得及清扫。他便拿起笤帚打扫，女生也帮忙，还接了盆水熄灰，说这车就咱俩坐，要干干净净的。

司机看着两人觉得好笑，问你俩从哪来的？两人回答上海。他说那是个好地方啊，我十多年前去过，什么都挺贵的。说着便陷入了那早已模糊的回忆里，都是人生的匆匆一瞥，不值得多提。

发车时间到了，他跳上车子，看两个年轻人坐在第三排的位置，已经闭上了眼睛，看来都不适应早起，想在这漫长的旅途中补一觉。但他知道他们一定睡不好，这一路可有得颠簸了。

2

天色大亮，小巴车没有窗帘，光和四野就都透了进来。

坐在第三排的情侣恍恍惚惚醒来，其实刚刚的那觉也没有睡踏实，这些日子游山涉水，身体已经疲累，可精神却被每日的新奇吊着，和身体呈现出割裂的状态。

男生看了看手机地图，从景洪已经开出来一百多公里了，他问司机什么时候能停下来去洗手间，司机说一会儿到了勐腊会停的。女生便说，那一会儿停了再买点早餐吃。俩人又商量了些待会要做的事，车子就驶进了这座边境小城。

车子开进汽车站，司机说他要装点货，半小时后再接着开。这对情侣便下了车，想了想，把贵重物品都背在了身上。男生去了洗手间，回来后和女生在一家早餐店吃了点东西，这边陲的口味他俩都不太吃得惯，于是吃完又去超市买了些牛奶和小零食，准备在接下来的路上吃。

从超市出来，便见到路边有流动的兑换货币的人，拿着一沓老挝的钱问他俩要不要换。两人本想去银行兑换，但问了一下，这个人的汇率和支付宝上显示的差不多，便鬼使神差地换了几千块人民币。

可等交易好之后，两人又担心手中花花绿绿的老挝币是不是假钱，可周围也没个亲近的人，便跑回小巴车旁，询问司机。司机看了看他俩手中的钱，说没问题，都是真的。两人这才安心，也才看到小巴车内已经被货物堆满，只剩下第一排司机身后的两个位置，有一个座位还是破的，里面的海绵露出一个大坑。

司机倒没有觉得不妥，只简单说了句，不多拉些货的话，就赔钱了。这道理不难懂，也不用征得他俩的同意，两人说着明白明白，可目光却始终离不开那破了的座位，像是一个摆在眼前却被刻意忽略的污点。

最后，男生坐在了那个座位上，虽然不舒服，但也没到特别不舒服的程度。只是因为后面堆满了货物，导致椅背不能往后放了，于是接下来的路，两个人后背都绷得直直的，像课堂上坐在第一排的好学生。

3

再开一个半小时的路程，就到了磨憨口岸，过关要人车分行，这对情侣便下了车，和司机互留了电话，约定过了关后见面。

出关很便捷，递交了护照和提前准备的签证就好，只不过排队的人群中，一打眼便能认出只有这么两位是旅人，其他的都是频繁出入关的生意人。对面的磨丁经济开发区在大力建设，工程大部分都由中国公司承揽，于是这边境的口岸猛地热闹了起来，心思活络的人都拥了过来。

出了磨憨海关，花上二十块钱，坐上辆摆渡车，几分钟后便到了老挝这边的磨丁口岸。两人在这里遇到了点小麻烦，检查完护照和签证后，却没有放行，海关人员指了指旁边的易拉宝牌子，但那上面都是老挝文字，两人看不懂。海关人员就做了个钱的手势，两人这才明白，是要交一笔钱，似乎是乱设名目的旅游费，好在并不多，折合人民币每人几十块钱。两人也懒得去和海关人员理论，交了钱，得以放行。

一踏入老挝境内，最明显的变化便是路突然不好了起来，那一路过来平整的水泥路猛地断掉，只剩坑坑洼洼的砂石路一眼望不到头，运送建筑材料的大货车从身边驶过，尘土飞扬。

两人落了一脑袋的灰，在那因灰飞尘起更显暴烈的日头下，举目四望，不知道该去哪里。他们给司机打电话，却得到司机要先去送一些货，让他们再等一小时的噩耗。

司机和他们重新约定了会合地点，那是一个酒店的名字。在这里，国内的通信信号还能使用，两人打开手机搜索，还好距离不远，一公里左右的样子。两人便沿着那一眼望不到边的砂石路，伴随着身边频繁驶过的大货车，为防止尘土吃进嘴里，一路沉默地前行着，却也一路心怀异样。

在磨丁，不会有出了国门的感觉，四下环顾，那些新建好的楼宇外面的广告，抑或是正在施工的基建外围标牌，全都书写着汉字，而身边来往的行人里，也大多都是中国面孔。

2009年老挝政府颁布促进投资法，成立磨丁经济特区，租借给中国九十年，欲打造成老挝版的"深圳"。之后大批中国的企业与投资者，被"一带一路"政策所吸引，纷纷来此投资建设，磨丁这座老挝的偏远小镇，在中国的怀抱里，逐渐兴盛了起来。

"老中国家意志下的时代机遇"是一处售楼广告的广告语，还有"磨丁经济特区原始股""14万买70年产权公寓"等等吸引眼球的介绍。

那对情侣被这些广告吸引，被这国内多年不见的时代热情所感染，也产生在此买房的冲动。只是再盘算一下，又念起从上海来这里时一路的奔波疲惫，那欲望就被打消了多半。可又听人说要通火车了，可以从昆明一路到此，然后铁路南下，能到琅勃拉邦、万象，甚至到曼谷。

这么听来，这西南偏南的山地，像是任督二脉被打通般的畅快，整个世界就要与之相连了，若是不参与其中，就如与时代脱轨般落寞。两人便又转了念头，那就再等等，过两年真通了火车就还来看看。

只是不知道，那时的房价会不会也一路飙升起来。

4

在司机和情侣约定的酒店后面，有条小街道，两个三十多岁的男人开了家小饭馆，那菜色说不好是什么，类似麻辣烫，也类似冒菜，搭配着米饭和汽水一起卖。

一个人在厨房，一个人在前台，就这样把二三十平方米的小店支撑了起来。生意不算好，但也能勉强维持，主要的客源都来自附近的工地，工人们吃腻了大食堂的饭菜，时不时来打个牙祭，喝两瓶啤酒，聊一聊家乡，天南地北地来到这来，图的也还是多带些钱回去。

两个男人听着他们聊天，有时也会被问起为何来这开店。答案自然是机会，想多赚点钱，没准是下一个深圳。而更内里的原因没人能触碰得到，有无家人都不曾提起，故乡在何处似乎也忘了，就这么委身在边陲的一角，进退维谷，或许已是人生的天涯海角。

下午店里没客人，两人坐在门前的阴影里乘凉，似乎多年来，把能说的话都说完了，剩下的寂寞无从打发，便各自沉默地抽着烟。

一对情侣走了进来，问有什么吃的吗？两人便起身迎客，各自的心思被搁置一旁。

情侣两人点了一份套餐，米饭也两人分一碗，汽水男生喝了，女生对糖过敏，喝了瓶矿泉水。负责前厅的男人和他俩随便聊了几句，问是过来玩还是来工作？两人就抱怨起来，那个司机不靠谱，送货送到现在都没个人影，害得他俩在酒店门前干等了那么长时间。

男人说这边一切还在建设，还挺混乱的，所以干什么都不像国内那么守时。两人也无奈，不说话了，继续闷头吃饭。男人看着两人穿得挺时尚，但已经灰头土脸，不免觉得好笑又可怜，便建议他们可以去刚建好的免税店看看。

两人说去逛过了，一共就他们两个客人，营业员趴在柜台上睡觉,见他们来了慢腾腾地起身介绍。他俩觉得打扰了别人休息,心里还挺过意不去的。最后逛了一圈,也没什么要买的东西,可不买又有另一个层面的不好意思,就买了些酒心巧克力,打算在路上吃。

男人笑了笑,便没再多说话,继续到门前抽烟了。过了片刻,这对情侣也吃好了,出来结账,结好账却问他借手机,说自己的手机没信号了,要给司机打个电话。

他把手机递给他们,是女生打给司机的,语气软软地问司机师傅还要多久啊?那头回复了几句,女生挂断了电话,对男朋友说司机这回保证了,十五分钟肯定到。两人眼里就有了单纯的笑意。

女生把手机还给男人,说了声谢谢,这对情侣便离开去等待司机了。

两人走了一段路后,回头看,另一个男人也从屋子里走了出来,靠在门边,两人说着什么,似乎是这对情侣让两人有了话题聊,也或许是厨房里缺了些需要采购的食材。

不管怎样,那张开的嘴巴如这暴烈日头下的一缕风,温柔地把沉默豁开了一个口子,日子就流动了起来。

5

司机终于来了,车身又多了些污泥,对于这迟了又迟的约定,也没说什么歉意的话。

那对情侣上车，发现座位还是只有两个，而货物仍旧满满一车，有几个纸箱子不见了，多了几个绿色的尼龙袋子。看来在不见面的这段时间里，司机卸掉了一些货物，又再装了一些。讨生活别嫌繁复，讨满了就再起程。

车子穿过大片兴建中的街道，几个转弯后，就把那微起的繁华抛在了身后，将自己置身于一大片的黄土之中，一棵巨大的树矗立在地平面上，有了非洲平原的假想。但细看，这黄土又不似天然的，有人工翻整过的痕迹，车子再往前开，一块矮小的牌子竖立在路旁，上面写着医院。再往前，又一块牌子，写着火车站。

司机或许是因货物又拉满，有了好闲致，点了根烟慢悠悠地说，你俩知道这牌子是干什么的吗？

女生说好像运动会检阅时举的牌子哦。男生做过建筑，说这就是位置牌吧，那个位置是留给以后建医院的。

司机说对，就像一个大沙盘，现在什么都没有，但立个牌子，就可以想象了。

男生把目光再锁向窗外，那一大片土地的底部似乎开始蠢蠢欲动了，一栋栋建筑如种子般破土，发芽，茁壮，人间森林，星火闪耀。

司机夹着烟的手，正好比了个二的手势，他说二十年，我估计这里全都发展好，需要二十年。

二十年，时间长河里的点点微波，人生岁月里的千回百转，一个人从出生到壮年的倏忽，一个壮年缓缓被压弯脊背的浸润。

司机想着，以后来这旅游的人就多了，干点啥都能赚钱。

女生想着，那个十四万的房子或许可以认真考虑考虑，哪怕是作为投资也挺划算。

男生想着，若二十年后，发际初白的自己，机缘之下重新站在这片土地上，看着楼宇如层峦叠嶂，八街九陌车马奔腾，一定会满心的感慨吧？然后对身边的人说，我曾经来过这里，他们的承诺一一实现了。

与这陌生土地想象中的重逢，三人竟都有些期待了。

6

出了磨丁，距离勐赛还有一百多公里路，经过这几番折腾，剩下的路就是一直往前开了，没有休息也没有停靠。

男生因为无聊，吃了几颗酒心巧克力，没想到酒心过于浓烈，竟有些醉意了。他迷迷糊糊地睡了一小会，司机一个急刹车，他又被晃醒了，就看到是因为有人在路边搭车。车门打开，上来一个黝黑的小伙子，一开口也是中国人，搭车前去勐赛前站的一个小镇子。

他看来和司机很熟，似乎是搭过几次车，上车就坐在了副驾的位置。司机简单和他攀谈，他说是去弄辣木籽，听起来像是一种药材，男生有些好奇，但也没多问。

小伙上车后也不消停,直接打开了手机直播,和直播间里十几个家人们吹牛,说自己现在是孑身闯金三角,希望家人们多多打赏。司机听不进去,大声拆穿他,说不要胡说,这里不是金三角。小伙也不恼,继续和家人说不要听他的,这里就是金三角,没准前面就有枪林弹雨。

他胡说了一阵,车子进了山区,信号断了,他挂了直播,也不安分,回头和那对情侣讲他准备在老挝找几个漂亮女生做网红,就像国内的李子柒那样,拍一些老挝农家的生活。

女生比较了解这一行业,两人就随便聊了起来,司机也插几句嘴,男生酒意还没退去,又闭上眼睛,耳边听着三人聒噪,心里却想着这国内短视频直播的热潮,已经波及这偏远的东南亚腹地,时代的齿轮不会故意抛下任何一个人。

男生就在这思量里,彻底睡着了,再睁开眼睛,那个小伙子已经不见了,在他睡梦中的前方一地,下了车子。而路边的房屋也渐次繁密了起来,他也就知道,这今日的旅途要到终点了。

那时黄昏悄悄到来,暮光都洒在过于原始的土地上,一个小伙子光着上身,在河边搭建木板房,一半的房子已淹没进了涨水的河里,可他仍旧孜孜不倦地敲着钉子,并祈祷河水的退去。没人帮他,这栋房了的每一颗钉子都是他自己敲进去的,住进去后,或许该有一种难以名状的成就感。

男生想起让·波德里亚的一句话："旅行的乐趣，就是沉浸在他人故乡，然后又完好无缺地走出来，心中充满快乐，任凭他人承受自己的命运。"

这话准确极了，也冷酷极了，男生理解赞同却做不到。他始终相信，路过的人与山水都会留下踪迹，那踪迹落进回忆里就有了温度，如此刻暮光笼罩住一切的温柔里，定会有他往后人生眷恋的一瞥。

司机没来头地说了句，这老挝全国只有一条公路，所以怎么走都走不丢。

男生因初睡醒，沉沦进一种深邃的心境里，想着世间冷清又浩渺，一隅温柔难寻，如果只有一条路，那该多好啊。那些岁月途中的人啊，无论相隔多远，无论走散多久，都不要怕，因为只要我们还在路上，我们就终会相遇。

因为耐心和等候，人们的故事也都终将圆满。

这里的一切与海无关

1

清晨五点，天还彻底黑着，连东方天际线那细微的白都没有显露，僧侣们已经开始了新一天的布施仪式。他们身着红色袈裟，排成可称为浩荡的纵队，沿着古城琅勃拉邦还未苏醒的主干道，一路接受着布施者的赠予。

这些沿路等在路边的布施者，很大一部分是由来自世界各地的游客组成的。他们睡眼惺忪，举着相机，把手中的米饭投进僧侣背着的木桶里，或是把零钱塞进僧侣的手里。然后，他们抓紧拍几张照片或录一段视频，这自我的仪式就算告成，待僧侣们离开眼前，赴往下一个游人的领地，这前一站的人便打着瞌睡回到酒店，等着吃第一波早餐，或是睡个回笼觉。

而那些不进行布施，把这当成游览项目，只围观拍照的游客，倒显出些纯粹来，三两人对这仪式进行谈论，没有信仰便可低声说些玩笑，或是靠近小僧人，笑看他收到多少布施，那木桶里的米饭有没有满。

更有勤奋者，一路开着直播，跟着僧侣们走过一条又一条街，说着感谢老铁的打赏，我一会儿就把钱布施出去。最终有没有实现这诺言，也不得而知。但也不必强求，佛家的布施本也不全是要有实物，颜施，言施，心施，眼施，它的宽厚早已把你没做的都算作已做了。

当然，这些游人里，也不乏一些虔诚者，提前一晚把准备好的糯米饭，包在一片片竹叶里，细心地摆在竹筐内，跪在路边，待僧侣来到，双手托过头顶奉上，嘴里念念有词，或许是经文，或许是渴求的愿望。

只是不知，他们是万里迢迢赶赴这一场并不稀有的仪式，还是凡路过此种都必是虔诚施与，抑或是恰好有时节因缘需解除痛苦，那一叶叶的白米就成了香火，揉进多少绝望与希望，托在手上，沉甸甸地抬不起头。

东方终于翻出了灰白的鱼肚，僧侣们也走过最后一条街，收到最后一份布施，如候鸟归巢般，整齐地归入了寺庙里。整个街道霎时沉静了下来，如同一场人间的嬉闹，和那浩夜一起终于散了场。

再待一会儿，让梦中的人再多翻几个身，让那草间的露水再结得圆润些，让一根火柴把灶膛里的干草点燃，让忙了一晚的夜行动物抓紧归隐。

待第一缕晨光把寺庙的金顶点亮，僧侣用力撞响了古钟，那钟声如海浪拂过所有屋顶，这座古老的城市，才真正苏醒了过来。

2

索朗贡从床上下来，拉开窗帘，熹微的晨光告知他这是一个好天气。天气好，吃早餐的客人就会多一些，若是雨天，客人多半会因心情的懒惰而错过早餐。这是他在酒店工作三年多得出的经验。

这酒店其实也算不得是酒店，只是大一点的民宿，他第一年来时，还只是一座小洋楼改建的，有五六个房间的小作坊。后来赚了钱，老板又把街对面的旧房子买下改建了两栋，就初具了现在的规模。二十个房间，新建的房价要贵一些，旧的也比之前涨了一点。两边的行情都还不错，常年保持半数以上的入住率，这也多亏了这座城市的气候，让那些厌倦冬季的人们，挑这里躲一躲。

索朗贡洗漱穿戴好走出房间，便开始了一天的工作，他的工作没有什么时间规定，也就约等于全天无休。客人起床了，他就要起床，做各种问题的处理；客人入睡了，他也要二十四小时待命，处理突发状况。

他的职务算是经理吧，可手下也只有六七个人，还分为白班夜班，人手自然是不够用，于是他便成了一个万金油，哪里缺人了就填补上。所以整日穿梭在酒店各个位置的他，更愿意管自己叫作管家，这称呼听起来更周到，也更亲切，有种没来头的归属感，对客人，也是对自己。而他，是早已把这里当成了家。

他年幼时生活在琅勃拉邦周边的乡村里，由于整个老挝信奉小乘佛教，教义规定，每个男人一生中都要出家一次，于是十七岁那年，他剃度出家修行了一年，心静如水，年月静谧。

还俗之后他去了首都万象，打了几年零工，那修行一年的静谧，便掉进都市的井水里，偶尔有月亮落进去，也无人打捞。

他在洗车场工作时，看会说英文的同行能多拿些小费，便在下班后，也自学起了英文。后来，来自中国的游客渐渐多了起来，他便又学起了中文，中文难学，学了两年，都说不太好，但也坚持了下来。

现在回头看，坚持这事如佛法般，都是因缘起落的。某天他在洗车的时候和一个老外用英文闲聊了几句，被另一个洗车的本国男人看到了，便问他要不要去琅勃拉邦，自己在那里开了个小酒店，需要会英语的人帮着打理。他几乎没多问，只凭着感觉便答应了，或许是在心中，那份工作比这洗车要高级一些，也离家更近一些。

酒店的早餐是英式的，面包片鸡蛋香肠煮豆子，汇在一个盘子里，客人能挑选的不多，是煎蛋还是炒蛋，是搭配果汁还是咖啡。这样的早餐很节省成本，也省却了许多客人选择的烦恼，让早餐的供应也轻松了许多。

他把最后两份早餐端给一对中国来的情侣后，又去把一对白人老夫妻的餐盘收走。他们却又要再添点咖啡，看来是今日没什么紧迫的安排，想悠哉地把时间浪费掉。

他却不能，他每一刻都被排满，时间被分成一个个小方格，他也把自己切割，填进去。早餐供应完毕，他又去洗衣房，清洗客人的衣物。本来负责这一部分的阿姨，这几天请了病假，他就填补了进来。

他昨夜没睡好，现在突然就有些累了，坐在地上，看着洗衣机的滚筒一圈圈地旋转着，永无止境。

酒店老板之前答应他，再做两年，就把隔壁的一个小房子免费给他住。于是昨夜的梦里，他又做起了那个频繁光顾的梦：他用积攒下来的钱，装修了房子，和未知的恋人结了婚，还把父母都接了过来住……

在这个闲散又随适的古城里，在信仰大于生计的国度里，他的梦，显得有点格格不入。

他此刻，化身成一个陀螺，鞭子与信仰同时在周身飞扬。

3

巷子的深处再深处，一栋木质的房屋，踩着咯吱咯吱的楼梯，踏入阁楼里边，昏暗的暮色里，白色的幔帐也有些上了锈色，在穿堂风里轻轻晃动，十几张床铺横陈其中，草药与精油的味道对冲蔓延。

一个中年女人端着盆温水，穿梭在一张张床铺与幔帐间，谨慎地，怕走错似的仔细打量着，终于在一张床前停了下来。一个异国男人裸露的后背上驮着十几包草药，疲累得已经入睡，她蹑手蹑脚地把草药包拿下来，把毛巾在温水里浸润过后，为男人擦拭后背。

这期间，最后一缕日光透过半敞开的窗户照了进来，穿过幔帐，只落了巴掌大的一块在木板墙上，她看着那日光愣了会儿神，想起自己似乎好久没有在日头底下站过了，哪怕一会儿也没有。她的日夜作息都在这间不大的古法推拿店里，送走最后一波客人时，已是凌晨，捏着酸痛的双手，去街边吃一份将收摊的小吃，是最惬意的休闲，别的，也没多求过。

收银台处传来了一些轻微的争执声，一个中国男人的鞋子丢了，是双拖鞋，应该是被其他客人穿错了。收银员找了一双别的拖鞋给男人，男人不干，说太破了，自己那双要几百元。收银员没了办法，只得把老板叫来，老板详细问了男人鞋子的样子，然后说自己记得是哪个客人穿走的，那人脸上有颗痣，他让男人在这里等一等，他去追。

男人便老老实实地坐在门前的椅子上等，她听着觉得稀奇，来这里的都是旅游的，又没有熟客，光凭一张脸一颗痣，老板要去哪里追呢？

她这么想着的时候，手里的动作就慢了，手底下那个异国男人醒了过来，长长地吐了一口气，像是闷雨天的鱼，好不容易把头伸出了水面。

她擦完了男人的后背，把毛巾投进水盆里，这个客人的服务就结束了。她端着水盆离开，再次穿过一张张床与幔帐。日光被完全收了回去，屋子里的灯光还没亮起，那幔帐里的人在将黑不黑的空间里，就都有了鬼魅的影子，小木锤轻敲关节的声音，有如鼓点在迎接众神。

她把盆里的水倒掉，又洗了把脸，洗掉一下午的汗水，她盯着镜子里的自己，看年轻早已走远，暮年近在眼前。几年前只身一人来到这座沐光之城里，却没料到是在昏暗的店里委身了三年，也想过要离开，可事情碰事情，机缘碰机缘，一路就这么留了下来。

她在书里看过，海洋里有种鱼，由于常年不见光，双眼已经退化掉了。她时常在那些昏暗的幔帐里，摸着客人的骨骼，触感越强烈时，越觉得自己也快要变成那无眼鱼了。

"但如果真能活在海洋里就好了，只管游泳和睡觉，不用担心这个世界又发生了什么改变。"

她用水抹掉镜子上的一块肮脏，就听到外面老板回来了，那双鞋子还真被他找到了，也怪神奇的。她急忙出去听，囫囵听了个原委，追了好几条街才追到，老板说就是有预感，就往那个方向追了。老板比画着讲述，一脸的汗水，满脸的喜气。

　　她听着也觉得这事玄妙，或许要归咎于老板是个运气好的人，就像当年邻居的屋子着火，大风往这边刮，大家都觉得这房子也肯定要被烧了，火急火燎地往外抢东西，可突然就下了场太阳雨，火被浇灭了大半，剩下的靠大家拿盆端水灭火。推拿店里盆多，三五个来回，火就只剩下青烟了，她们一群技师，抹着一头的汗水，一边大口喘着气，一边笑了。

　　现在想起来，那时是在太阳底下的。

　　那回忆的画面，似乎在顽固的身体里凿开了一道缝隙，让外面的光照了进来，她无从寄托的中年又有了些力气，当年离婚时男人的诅咒也都湮灭在亮起的壁灯里。

　　一个新的客人进店了，扭了扭脖子，似乎是颈椎有些不舒服。她挺了挺腰板，又该叫到她的号码牌了。

4

　　当寺院里的灯熄灭后，僧侣们也都遁入了梦境，清修从来都是在尘世内避让，在尘世外打滚。

琅勃拉邦街道的另一头，此时却进入了一天中最繁忙的时刻，几千个摊位组成的夜市，浩浩荡荡铺陈开来，五颜六色的帐篷，堆起了一片只属于黑夜的棚户区，也如一本对折平整的书，把白日收拢好的喧嚣，都摊开来给你看。

一对中国情侣穿梭其中，先是在烟火缭绕的小吃区域，挤了又挤才抢到一个位置，一坐下来还不忘庆幸，刚刚在按摩处丢掉的拖鞋又找了回来。

邻桌的中国旅行团，听口音来自福建一带，导游举着小旗嚷着大爷大妈们快来占座，之后点起菜来也不马虎，堆了一大桌子，吃吃喝喝道道都要点评，却也逃不出酸甜苦辣咸等人间滋味。

等他们离开了，那对情侣的菜才端上来，服务员知道上慢了，便解释刚才都在为他们服务了，他们很着急，一直催。她用下巴指了指小旗子离去的背影，那桌子空了，还没等收拾，又被另一群不知是哪国的人占领了，也仍旧是一脸的焦急。

可能都是饿坏了吧，情侣这么想着，却也着实惊讶，这白日里近乎空荡的小城，此刻却人声鼎沸，人们都跟藏好了似的，等天一黑，就都涌现了出来。

两人吃过饭，还算可口，又研究了一番那透明的春卷是如何做成的，没有得出个答案，但味道记在了心里。结过账，二人又吃力地挤出了这一区域，那浓烈的烟火被甩在身后，呼吸和心情都顺畅了些。

全世界的夜市都差不多，贩卖一些地方特色或和地方特色沾边的平价商品，对于那些类似于山草药的制品，一般的旅人都看不懂，除非碰到难逢的需求，不然不会购买，而一些偏大件的物品，因不方便携带，也沦进了看看就好的归类。

于是这对情侣牵着手在夜市里逛了又逛，女生买了一套民族服饰，打算明天穿着去寺庙拍照；男生买了几件印有老挝文字的T恤，想着回国后可以送送朋友。

继续逛下去，购买的欲望就跟着体力一同下降了，或者也因着商品的重复，隔着三五个摊位，就会遇到同样的商品，甚至价格也都相同。

两人经过一个老太太的摊位，老太太一头白发，瘪瘪着嘴，牙好像不剩几颗。守着昏暗的摊位卖一些布质的小玩意，小钱包，小手表，小发卡之类的，品类不多，但也满满当当铺了一片。女生很喜欢这些色彩鲜艳的小玩意，挑了一些，一问价钱，却不算便宜，想要讲讲价，可老太太摆着手，说了些当地的话，两人都听不懂，问她会不会说英文？旁边卖拖鞋的女摊主靠过来做翻译，她说老太太说不能便宜，这些东西都是她手工做的。

女生说就便宜一点点好吗？女摊主又翻译给老太太，老太太回答后，女摊主说老太太说真的不能便宜，她今年八十多岁了,自己一个人带着孙女,可怜可怜她。这么一说,女生也就放弃了,还对刚才的讲价有了些愧疚之心,付了钱,乖乖地离开了。还和男朋友说了些她眼睛估计都老花了,还手工做这些,真不容易。男生说是啊,她孙女听话还好,万一是个叛逆少女,可糟糕了。

两人随便畅想了几种老太太的生活,都与困苦脱不开干系,就走到了另一处摊位,这个摊主看起来倒真像个叛逆少女,嚼着口香糖,也在卖布制品小玩意,品类竟和老太太几乎一样。

叛逆少女看到女生手里的东西,问你们是在前面老太太那买的吧?两人点了点头。叛逆少女问多少钱?两人报出了价钱。叛逆少女翻了个白眼,发出不屑的气声。情侣疑惑,问怎么了?叛逆少女却不说了,回身跟隔壁摊主说了几句,他们只听懂了一个单词,liar。

两人回头望,隔着三五个摊位的前方,老太太坐在昏暗的灯光底下,蚊虫围着灯火飞舞,她不看客人也不看其他,只把眼睛盯着一个虚处,似要睡着了一般。

女生问男生,你觉得她在想什么呢?

男生说,应该是在想她的孙女吧。

或者,那孙女从来都不存在,只是在一个用来买卖的故事里,称一称重量。也或是在某一个平行时空里,她们真的在一起,可也要来熬这白日缝制夜晚蹲守的漫漫日子。

他 方

5

　　喧嚣的夜消耗光了热情，慵懒地翻墙到凌晨，街边的小酒馆，也该打烊了，只是还有两个赖着不走的客人，不知在贪恋着什么。人在旅途中，也没有不甘愿回的家，所以也不知在逃避着什么。

　　或许是把失意从生存的城市带了出来吧，老板这么想着，点了根烟，把目光从他们身上收回来，投到街上。闹了一整个晚上的夜市，此刻安静了下来，摊位如棋盘上的黑白子，一个或成片地被吃走，这棋盘就越来越空。

　　可也没有什么好惆怅的，此刻的萧条已经在为明日的繁盛做准备了，这一日复一日的循环，几近相同，他有时都会疑惑，自己是否被困在了单日的时间旋涡里，出不去，也懒得出去。

　　他晃了个神，再聚焦回来，摊位更少了，只剩几个卖廉价威士忌的摊位，还在给舍不得这夜的人，提供几杯站着喝的冰酒。这些摊位应该属于他的竞争对手，可他却从来没打心里恨过对方，过了四十岁，就能越多地体会到他人的不容易了。

　　他们站在那一处街边，推着摇摇晃晃的酒瓶和冰桶，如果不小心打翻了，整个生活就一地碎片，仅凭一双手是收拢不起来的。

　　他掐灭了手中的烟，看着一对情侣也被那摊位上的酒灌得有些快乐，牵着手一蹦一跳地离开。他的眼中也有了柔情，想起十多年前，自己和年轻的爱恋，在普吉岛的海滩边，那些轻狂又热烈的日子，好像把一生的浓烈都压缩在了那片海洋里。

然后光阴如波，中年缓慢但确定地到来，自己兜兜转转，来到这个内陆的国家，所遇到的一切都与海无关，而当年那个在海滩边的恋人，如今不知身在何方，只知道还在心上。

他这回给自己倒了一杯酒，没加冰，温温润润的，和海风一个味道。他喝下第一口，闭上眼睛就看到，在千万里外，那海边吹来的风，穿过城市街道和停摆的地下铁，绕过河流的方向和寺庙巨大的金顶，拂过农田村庄和愁苦的脸。

可最终，并没有落在自己的身上。

但好消息是，店里的那两个客人，终于起身要结账了。

冬　镇

前年冬天，我回老家过春节，没什么要紧的工作，就多住了些日子。可住的时间一长，也觉得无聊，好在大哥家开了一个日用品批发店，隔三岔五就要去周边城镇送货，我便时常会跟着去转转。

送货出门时间都很早，太阳在冬天冰冷的薄雾里，不太爱升起来，那路也覆盖了一冬结实的积雪，车子就小心翼翼又跌跌撞撞地前行着。我大多时候都会在路上睡一个回笼觉，车子里的空调吹得脸颊干燥，梦也跟随着一路的颠簸，摇摇晃晃，半梦半醒。

那天我醒来时，车子早已停下，我眯着眼睛看着大哥正在一箱箱地往下搬货，然后和超市的老板娘一一核对着单据。我把目光又往远处瞄了瞄，便惊觉这路好熟悉，我坐直身子，再仔细看了看四周，才认了个清楚，这竟是我中学所在的地方，那个记忆里始终被大雪覆盖的小镇。

以前的冬天比现在冷，雪也比现在大，刚一入冬，通往小镇的各条公路就都被大雪封住了，唯一通行的便只有火车。我的中学是所寄宿式的学校，每两个星期放三天假，所以一到了放假那天，一整个学校的学生都拥向了火车站。学校距离火车站不算远，一公里多的路程，于是这路就被学生们挤满了，大家一路说笑着往前走，口中吐出的白气聚拢在一起，在头顶积成一小片稀薄的云。

那个火车站也很小，候车室里只能容纳几十个人，于是这上千名学生一到，又迅速把火车站占领，站里站外，乌泱泱的学生，似乎这小站，都是只为我们这群学生服务的。火车站的工作人员已经习惯了这每两周一次的阵仗，提前把站前划分出区域，拿个大喇叭指挥着："那边的同学，你往里边靠。""你们两个别闹了！在学校闹不够，放假了还闹？""冻脚了就跺一跺，耳朵也捂一捂，再来让你妈给你弄个耳包子！"

就在我们要冻得扛不住时，绿皮火车终于呼啦啦地到来，本来列车表上写的本站停靠两分钟，可每到了这一天，十分钟也开不走。前方车站等车的人们只会知道火车晚点了，但估计怎么也猜不到，是这一群学生让火车晚点了。再后来火车坐多了，下一站有些经常乘车的旅客倒是明白了，一上车看车厢里挤满了人就抱怨，这群学生又放假了？

他 方

对于我们来说放假这件欢欣的事情，在他们看来似乎是蝗虫般的灾难。

等到假期结束，从家里返校的时候，就不这么壮观了，同学们是从一个个小站三三两两陆续相聚的。我那时总是喜欢在回来的火车上，坐在靠窗的位置，写没写完的作业。

有时写着写着就出了神，望着窗外无垠的原野，被大雪覆盖了所有踪迹，绝望得几近荒凉。但那时我也没有什么以后想要离开的想法或是关于未来的打算，就如同身处的这一辆老旧的绿皮火车般，摇摇晃晃，懵懵懂懂地往前开着，一开就开了这么多年，岁月被染上了色彩，又都被甩在了身后。

大哥和老板娘对好账了，回到车上，去下一家超市，那超市离学校的所在地更近了，我便趁着他卸货，下了车，朝学校走去。

路不远，几分钟就到了，东北的小镇，这些年其实都没有太多的变化，可终究也不是从前的样子了，我已经在这条路上，找不到任何清晰的标记，只是被一种朦胧的熟悉感带领着，往前方走去。一个转角过后，就看到了学校的大门，我站到那门前，仿佛只要轻轻地推开它，就会走进旧日的时光。

可是，门是推不开的，一把大的铁锁，昭示着此时是

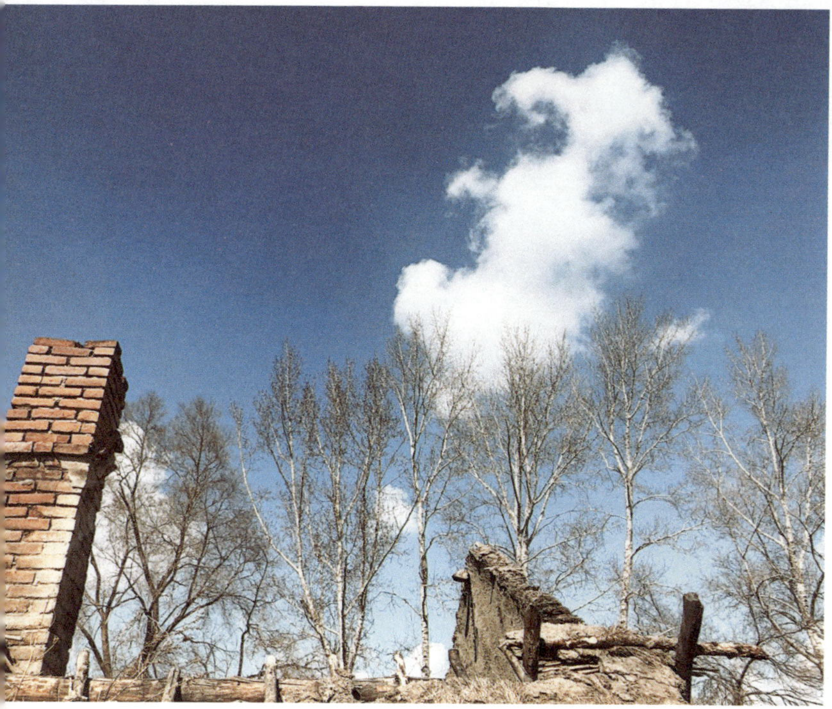

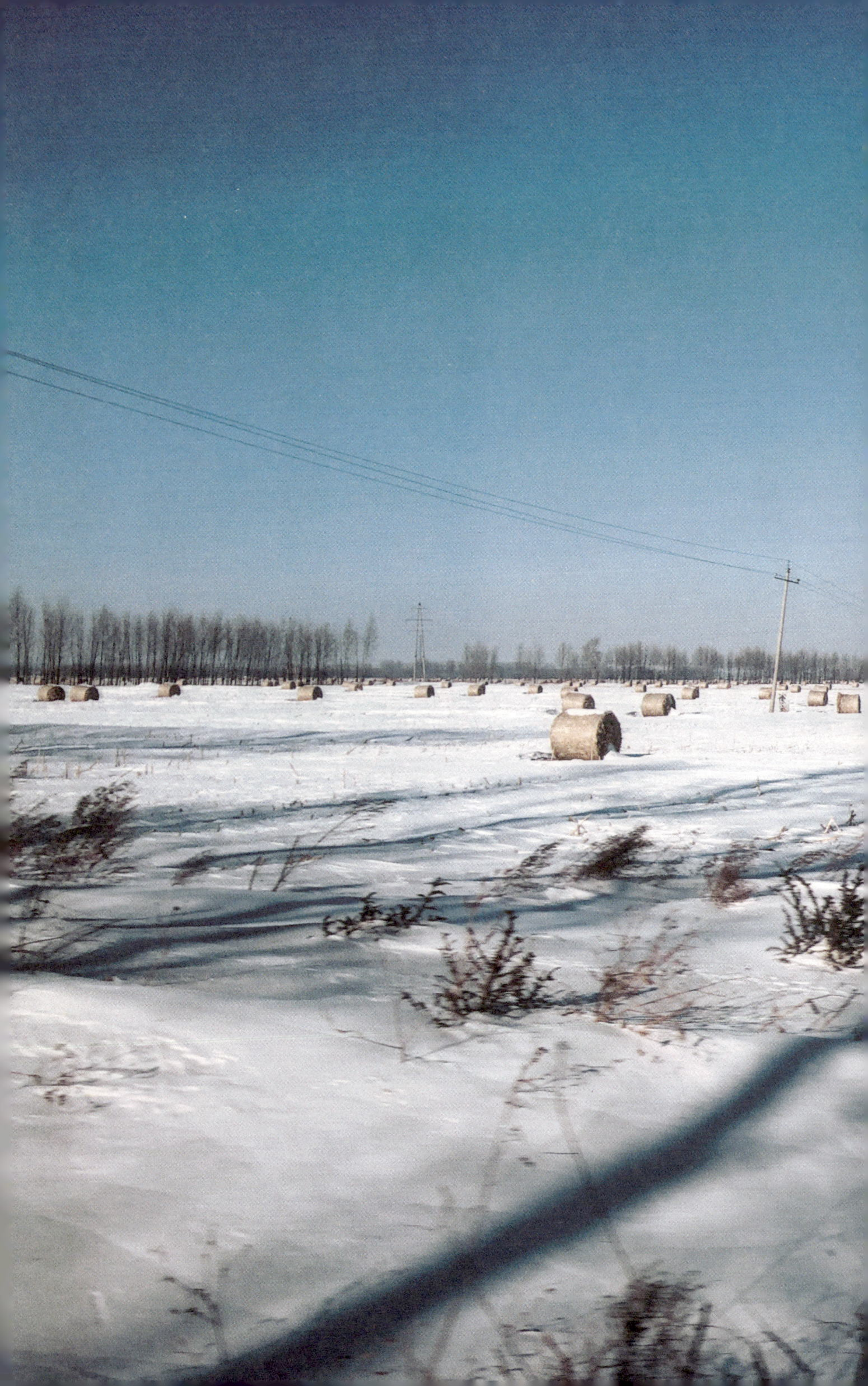

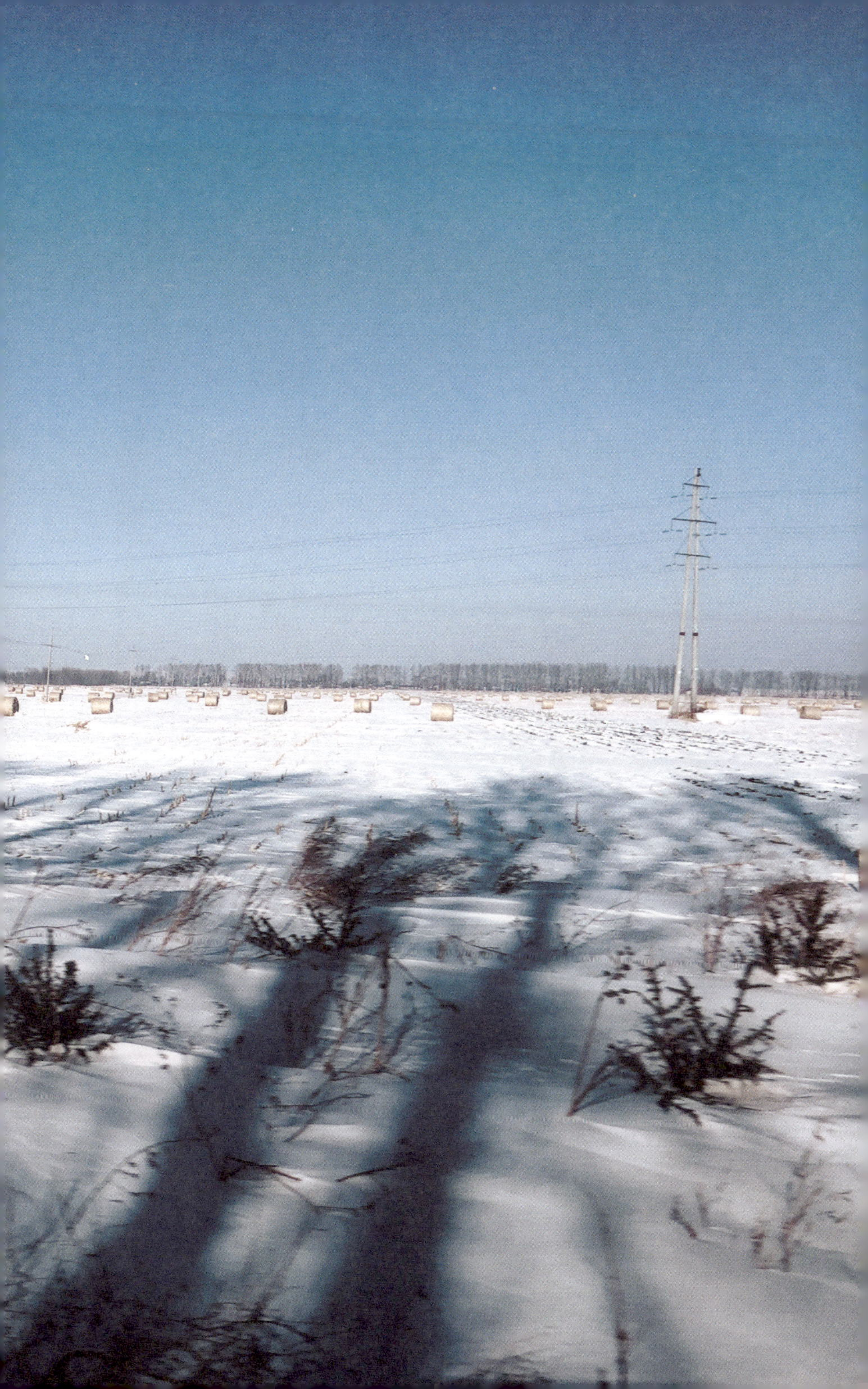

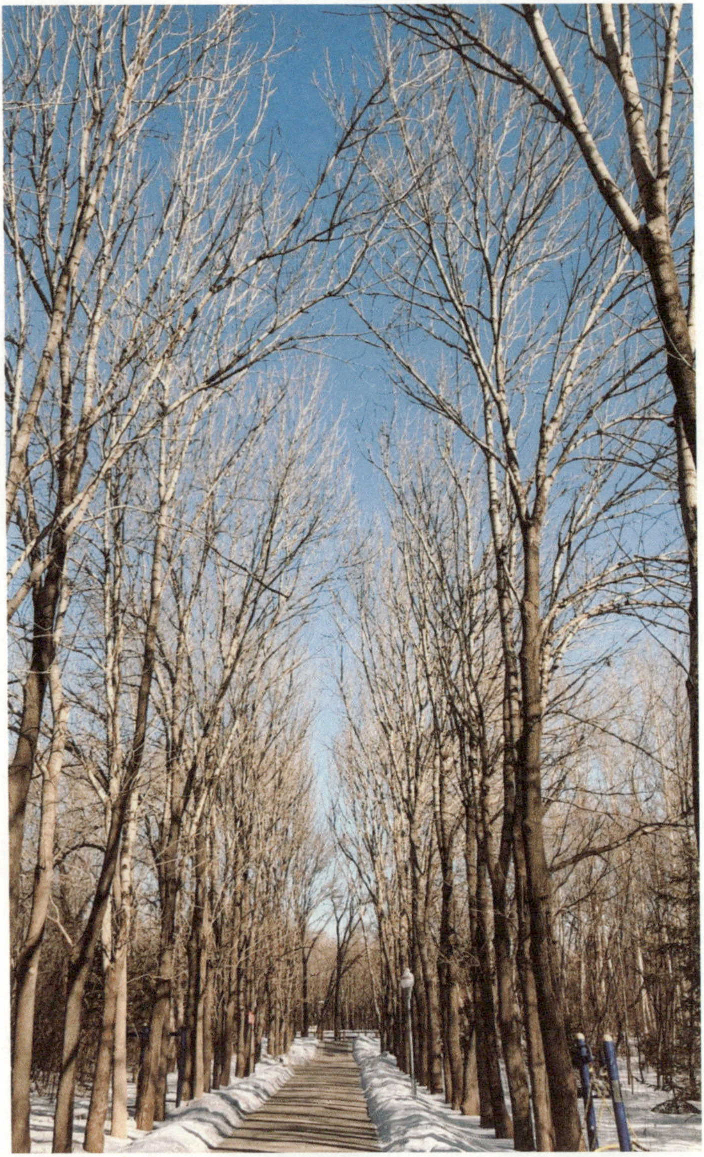

寒假，我透过铁栅栏，望着铺了一层厚厚积雪的操场，一些飞鸟在上面留下足迹。曾经十几岁的我，也在那些个冬天的清晨里，绕着操场，一圈一圈地奔跑着，干冷的空气钻进鼻孔里，里面就结了冰，嘴里喷出的哈气，也让睫毛和眉毛结了霜。我现在已记不清为何会在清晨跑步，大概也是做错了什么事在接受惩罚吧？

靠近操场外侧的一排房屋是食堂，那时学校实行军事化管理，每六人一桌，都是站着吃饭，每日饭菜的样式也都是定好的，不能自行选择。我至今仍记得大师傅是用一把铁锹在巨大的锅里铲饭，然后再分装到小铁盆里，端到一张张桌子上。

我当时到学校的第一顿饭是晚饭，六点多的时候我磨磨蹭蹭去了食堂，因为周围全都是陌生人而感到焦虑。站到分配好的餐桌旁，又因都是自己不喜欢吃的饭菜，而难以下咽，被经过的老师看在眼里，训斥了我几句挑食的话后，我便撇下饭碗跑了出去，一直跑到了操场的篮球架下。那时夕阳刚好，我看着那暖黄的天边就想起在家里的日子，这个时间我都是刚吃过晚饭，然后在门前打羽毛球，想着想着眼泪就落了下来，那时我是第一次清楚地感受到想家的滋味。

对于十三四岁的小孩子来说，突然被扔进这么一所寄宿学校，面对如此庞大的陌生人群，想家是难免的事。所以刚入学那段时间,在上课时动不动就会有同学哭起来。语文老师背身在黑板上写字,听到抽泣声回过头来,看到一个前排的女生在擦眼泪。老师问怎么了?她说,我今天耳朵一直发热,是不是我妈在家叨咕我了。

她这话一出,班里一半的学生都抹起了眼泪,老师对这情景也见怪不怪了,每年新生入学都会这样。他就站在讲台上,放任同学们哭,等差不多哭够了才说,我很理解大家想家的心情,那咱们这堂课的作业就留一篇作文,专门写这种心情。写下来了,就能好受一点了。

这可能是他多年实践得出的方法,但我只觉得部分有效,因为当作文写过之后,还是有同学想家。我当时住的宿舍在四楼,六人间,夜里还是有同学躲在被子里哭,甚至还有人偷偷翻出窗户,顺着落水管往下爬,想要逃回家。幸好室友喊来了在走廊巡视的宿管老师,才把已经爬到三楼半的他拉了上来。他从此消停了很久,可等习惯了学校生活后,他仍旧想往外跑,但后来被抓的很多次,就不是想回家了,有时是想要去游戏厅,有时是想要去网吧,可爬了三年,一次都没成功逃脱过。

一辆拉煤渣的车子呼啸着从我身后经过,落下的几块煤渣滚落到我的脚下,我的思绪再次收了回来。我挪挪身子要往回走,大哥的货应该差不多送完了,可走了几步,就看到学校门前一整排的平房,烟囱里参差不齐地冒出了烟。这冬季的早晨,似乎此刻才完全苏醒了过来,如果谁家推开门,就会有早餐的饭香混着一股脑的热气飘出来。

我想起当年学校的老师们,大多都是从外地聘请过来的,学校的宿舍不够用,有些老师就被安排在这一整排的平房里居住。老师的年龄有老有小,很多都是拖家带口过来的,但家里人也不想整天闲着,两个人都是教师的便不用说,都去当了老师,不能当老师的配偶便有的进了食堂,有的进了锅炉房。

印象比较深刻的是,语文老师的妻子腿脚有些不方便,走起路来身子一歪一歪的,去哪里工作都不合适,便在这一处平房里,做起了修鞋的生意。人在少年时期,精力总是旺盛的,爱玩爱闹,爱到处乱踢乱跑,鞋子也就很容易坏。于是,我们便要经常往她那里跑,送来一双鞋帮开胶的鞋子,等过几天修好来取走时,再送来一双掉底的。

我在某个雪夜来取鞋时,从几百双鞋中找到自己的后,刚要扭身离开,语文老师突然从里屋出来叫住了我,说你等等。我疑惑地看着他,他问你是三班的吧?我说是。他说你是吴忠全吗?我说是。他上下打量了我一番,我不知自己犯了什么错误,整个身子都是想逃脱的姿态。他却冒出这么一句来:"我刚看了你们班交上来的作文,你写得挺好的。"

听了这么一句突如其来的夸奖，我自然是开心的，满心雀跃地跳着离开，在雪地上留下凌乱的脚印。等到后来的后来，我才渐渐明白，那个夜晚或许就是我喜欢上写作的开始。

时间很荒唐地就这么过去了，稀里糊涂的我又站在了和当年同样的地方。离开中学后，我没和语文老师再有过任何联系，此刻看着那冒着烟的烟囱，我在想，他和他的妻子，是否还住在这里，屋子里是否还整齐地码放着几百双修好的鞋子。

我有些颤抖地走到那扇门前，轻轻地叩了叩门，片刻，有个年轻的男人开了门，疑惑地看着我，问你找谁啊？我说请问这是朱老师家吗？他说，听都没听说过。

门关上了，我站在原地，愣了愣。

时间把一切都带走了。

西瓜味的月亮

前段时间下午开会，昏昏沉沉，抽烟也提不起神来，我想起冰箱里还有个西瓜，便主动提议给大家切西瓜吃。像我这么懒的人，主动干点什么服务别人是很难得的，于是别人没说什么，我自己竟有点自豪。

拿了西瓜去厨房，还认真地洗了洗皮，又洗了洗刀子，如同做一道料理般认真，然后一刀劈下去，就歪了，也没使上力度。但还好西瓜是个好西瓜，熟得刚好，不生不烂，顺着我那浅浅的刀的纹理，兀自裂开了，像是秋季午后等不及采摘就自动爆裂的豌豆，也像初春屋后暖风一过的冰河，不是预期的，也不是规则的，却让人欣喜。

那天吃了瓜后也没发生什么值得讲的事情，瓜甜不甜也忘记了，又过了些日子，就入秋了，夜里凉，得盖被子，却猛地想起那个西瓜是今年夏天吃的最后一个西瓜，也不是什么大事,一个水果也勾不起我的感怀,翻个身就又忘记了。

近几天中秋临近,月亮越来越圆,夜里站在阳台打电话,楼下的 KTV 吵吵闹闹,一群喝多的人在胡闹,抬着一个小伙子叉开双腿往电线杆上撞,我看得都疼,就抬头看天上,月亮在白莲花般的云朵里穿梭,我没想起这歌的调,竟又想起了那个西瓜,以及有关西瓜和秋天的一些事。

小时候在乡下长大,蔬菜和瓜果都是有季节的,不是随时都有,西瓜只有到了夏天才能吃到。村子后面的田地里,隔几年会有人种一茬西瓜,但也不是专业的瓜农,属于庄稼地里的投机倒把分子,觉得有机遇赚更多的钱才种的。有瓜地就得有瓜棚,乡下孩子都是野生的,天地宽广,没有篱笆束缚,大人们也嘴馋人奸,偷瓜的行为比比皆是,也不是什么大错,刺激又贪小便宜,图嘴里的一口甜味。

瓜棚的作用大抵和麦田里的稻草人类似,三根木棍加苫布撑起一个小棚子,里面应该住人的,但大多时候也没人住,主要是起一个震慑作用,放个手电筒或一盏油灯进去,一夜光亮,偷瓜的就觉得里面有人,踅摸着就不敢进。有人的地方就有光,大概都懂得这个老理。

我没去偷过瓜,我只是白天里去过瓜地转悠,以一颗纯真好奇的心看一看西瓜的生长状态。瓜地主人会觉得我馋，我其实并不馋，我只是挑食，但在乡下，挑食和馋是挂等号的。他们并不理解单纯的不喜欢某类食物的感受，只认为你是想吃到更好吃的东西。但什么更好吃，每个人又有每个人的口味，没有统一标准，于是只好继续说你馋。

我到瓜地转悠的时候，瓜地主人看我是小孩，又从我的眼神中判断出我是个馋人，便总是拿些没长好便掉落下来的、半生不熟的瓜蛋子给我吃，还是一种恩赐的态度。我本不想要的，但又觉得人家是好意，便接过来，捧着左看右看不知怎么处理。于是主人就再拿过去，一拳头砸开，里面白的多红的少，再递给我，意思是吃吧。我犹豫着，抠下一小块红的放进嘴里，主人就笑了，我馋的证据也就落实了，他们也就安心了。

西瓜在七月份开始成熟，大人们不说瓜熟了，说西瓜下来了，豆角、黄瓜等蔬菜成熟时，也说下来了，语气里都带着喜悦，听着眼前就能看见大批掉落的画面。

西瓜下来的头几天，价格比较昂贵，在村里属于贵族水果，只有村干部和开诊所的开超市的有钱人才会急着去买。一般都是男人去买，一次买两个，在瓜地里先开一个吃掉，男人都自私，自己吃够，剩下一个才抱回家里，分给老婆孩子。这时男人一口都不吃，只看孩子吃得香甜，老婆和懂事的孩子让他吃他也不吃，就是一个慈爱的父亲样。

等再过半个月，天气到了一年中最热的时候，西瓜更大批量地下来了，除了村里的瓜地，周边各个村庄以及城市里的西瓜都涌进了村里，大多是通过四轮拖拉机运来的，车斗里垫着稻草，停在村子的十字路口。车斗挡板放下一面后，卖瓜的先在瓜堆里拍拍打打，挑一个觉得最好的，一刀切下去，清脆鲜红一片，再切成小牙状，摆在托盘里，接着才开始吆喝："卖西瓜啦，卖西瓜啦！"嘴里没过多的花哨。

有的卖瓜人嘴巴懒，就弄一个电子喇叭，录上一段吆喝，循环播放，那时话会多一点，可能是为了凑足三十秒的录音，会喊卖西瓜啦，又大又甜的大西瓜，不甜不要钱。也有的会多些花样，喊卖西瓜啦，包熟包甜，清凉可口，味道正宗，沙地西瓜！

我那时候不懂，纳闷西瓜都是长在土地上的，为什么叫沙地西瓜，一直以为是沙瓤的西瓜便叫沙地西瓜，后来稍微长大一些才明白是新品种，长在沙地里的西瓜由于水分少，所以更甜。再长大一些后又知道了西瓜原产自非洲，便想着或许它最开始就是野生在非洲广袤的沙漠里，也不知道那里的星斗和村后瓜地上空的星斗，是不是一个样子。

村民们听到了卖瓜的吆喝，便三五结队地朝十字路口走去，这时候买瓜的大多都变成了女的，说说笑笑拍拍打打，像是去凑一个不大不小的热闹。女的买瓜比男的懂门道，要先挑一个能立马吃的,再挑几个能放久一点的,秤杆子必须高高的,算钱时还得抹个零头,还得把瓜给送到家里。买得多的话,还会再硬要一个小点的带走,卖瓜的不给,女的就半要半抢地捧走,伴着嘻嘻哈哈的笑声,全是占了便宜的欢喜,人已走得老远。

西瓜买回去,当天吃的泡进水盆里冰着,后几天吃的放进水缸里、篮子里,或提个绳子吊进井里,再往后吃的便放进仓房搁在高处,怕老鼠咬,但西瓜皮又硬又光,老鼠一般来说也咬不透,只是嗑掉几块皮,可看起来就招人硌硬。

西瓜在盆里泡了之后,一路奔波产生的温度就降下来,切开来那咔嚓一声也带着清爽劲,咬下一口,是认真的甜,也是一整个夏天幸福的开端,日子都跟着口感清甜起来。

我吃西瓜不喜欢沙软的,更爱偏硬一点脆一点的,有嚼头,有咀嚼的快感,有饱满感,如饮清泉水,到嘴边之前就能感受到凉意,吞进肚子便自带咕咚的声响,整个身体都通透。

西瓜在八月泛滥,从一块、九角一斤直降到两角、一角、八分,当饭吃也不觉得奢侈心疼。它已不再是单纯的一种水果,而成为一道新菜,削皮切块端上餐桌,下下饭,就白酒最好,啤酒就有些撑,它的地位于是下降了很多。

在村民们心里，水果是比蔬菜高一等级的，蔬菜是必需品，水果是奢侈品，两者兼之，就有些不伦不类。人们对它的心理也逐渐失了尊敬，常常家里的女人切开一个西瓜，家人每人吃了两块，便都不再动手了，女人怕西瓜坏掉，催着大家吃，却人人摆手，吃不下了，吃不下了，似再多吃一口都是上刑，再也不见西瓜初下来时那吃一口赚一口的狠劲了。

西瓜在八月底九月初会恢复自己的地位，村后瓜地里的老农遛了一遍又一遍，把最后几个畸形的瓜蛋子抱回家，卖西瓜的拖拉机叫喊着最后一批了，再也不来了。村民们家家拖着麻袋去买，男人女人一起出动，女人挑男人扛，难得的齐心协力，如提前到来的秋收般把西瓜迎回家。这次不放井里也不放仓房，统统藏进地窖里，地窖凉，西瓜坏得慢，这西瓜也吃得慢，要一直吃到中秋节。

记忆中的中秋节，都是晴天，月亮不臊不腆地准时爬上树梢，大而清澈。晚饭都搬到了院子里来吃，月饼永远是最不喜欢的五仁馅。餐桌上的菜很多，鸡鸭鱼肉，像在祈祷丰收。村后瓜地里的瓜秧败了，稻子却熟透了，秋风下摇曳着金黄，等着镰刀收割。

西瓜要等大人们喝多酒后才上桌，总是刚好剩最后一个，从地窖里吃力地捧出来，瓜皮上还沾着泥巴，洗一洗，切成牙状，装进盘子里端上桌。"吃吧吃吧，今年的最后一个西瓜了。"有人会这么说。这样每个伸出的手都有了不舍，犹犹豫豫的，像在告别。

西瓜并不懂这些，放在嘴边咬一口，味道已不是最新鲜，但还是认真的甜。

我那时不懂惆怅，吃着西瓜，看月亮在空中亮着，白白的，就觉得那月亮也是西瓜味的，也觉得西瓜和月亮一样，都是长在天边上的。

我点燃那把艾草

头一天晚上睡觉前,母亲给我的手腕和脚踝绑上五彩线,梦里自己就变成了彩色版的哪吒,腾云驾雾,不干什么正事。一夜梦多,可也睡不踏实,东方刚发白,就爬起来,迷迷糊糊地往村后的麦地里跑,趁太阳没出来之前,捧一把麦子上的露水洗脸。露水冰凉,像十月的井水,却也不能把睡意全都驱走,倒是麦子的香气,混着泥土的温吞,一寸寸地让身体舒朗开。

洗过了脸,沿着土路往东走,那里有一整片的杨树林,杂草野蛮生长。我今早的任务是采艾草,这任务艰巨,一整个夏天的蚊虫都靠它驱赶。艾草长得小,藏得深,似乎凡是有作用的植物都比没用的难寻,人也一样。

夜里应该是下了雾,草深处浅处都湿漉漉的,把清晨的丝丝凉意,从裤脚往上传。等太阳冒了头,露水就躲了起来，我的裤脚却早已被打湿，贴着皮肤，很不舒服。

艾草得一根一根地搜寻，偶尔也会遇到一大片，看起来就显得廉价。我的耐心是不足的，采了几把便烦了，况且太阳出来了，还没起风，农历五月的闷热在杂草里更浓烈，刚刚的凉意都跑没了，裤脚还是湿的，后背却是烫的。

我拿着艾草，背着太阳，迎着一额头的汗往村子里走，看不到太多的人，有些微茫的晨光，倒是家家炊烟升起，直冲天。

回到家，母亲在灶台边，包好的粽子和鸡蛋一起下锅煮，包粽子剩下的大枣我随手拿着吃，然后把采回来的艾草一根一根插在屋檐上，一整排，齐齐的，如帘幕，如雨天。我坐在院子里，看天空，看会飘的云，不急不缓。

日子也一样。

这些都是十几年前的事情了。

那时每一个节日都过得有仪式感，日子也过得有分寸，什么时间吃什么样的食物，什么季节做什么样的事情。

手上的五彩线，要等端午节后的第一个雨天才能丢掉，觉得直到那一刻节才算过完。插在屋顶的艾草，晒干后收进仓房，蚊子多的夜里，点一把，屋子里绕一圈，香气好久都散不掉。

那时的粽子，我只吃过甜味的，小心地吃每一个，遇到两颗大枣是幸运,吃到最后才连大枣一口吞掉。那时包粽子的叶子,吃过也不扔掉,节省的老人把它洗干净,明年还能接着用……

这些都是岁月中渐渐流逝掉的东西。

我会经常感怀,希望那些曾经让我感到美好的事物,消失得慢一点,这样我在回眸中,还能抓住些过往的影子,不至于人生到头来尽是空荡,回忆里也再找不到温柔的墙角。

可我却又觉得万物自有它的规律,该走的就让它走,如长大的孩子,不必强留。我们自身都终将被遗忘,又哪有足够的力量去挽留呢?

想到这些,又平添了些被宽慰后的人生无力感。

每个节日都终归要过去,也或许在某日化进平凡日子里,我们时常会想起它,可又怎么努力都想不起来。

五月五日午,赠我一枝艾。

故人不可见,新知万里外。

人生的所有感慨,大概物是人非四个字就都能概括了,概括不了的,就再等一等。

Epilogue

后记

And The Winner Is

　　五月的时候，回了趟北京，算一下，也有半年多没回来了，但这一次也不是长住，而是彻底搬离。其实最近这两三年，房子虽然租在北京，可也真没住几天，于是这次房子合同到期，便决定不续了。

　　朋友们都说我早就该搬了，我也知道不该浪费这金钱，只是心里一直有个不曾开口的原因，就是似乎留一间屋子在那里，就可以和北京这座城市保持些微弱的勾连。我不知这勾连有何用，自问过几次，也得不到个确切的答案，就只当成是不舍吧，可不舍什么呢？穷追下去也没能问出个所以然，大概就是我此时还不能精准描绘的庞杂情感吧。

　　但我又相信，岁月继续往后走，应该会给我个准话。

　　备备过来帮我收拾东西，可她又不知道我哪些是留的哪些是扔掉的，只能帮我弄好箱子，就在一旁看我选择。

东西不多，大件都扔掉或送人了，剩下的物品我挑挑选选了好久，大多都在有用和无用间徘徊，记忆也难免被勾起。

当年从东北初到北京，拖了个巨大的行李箱，一脸的糊涂和无畏，先是住在燕郊，然后搬到隔断的出租房，三环路边的屋子旁有鬼市，凌晨四点就出摊。转眼七八年过去了，竟在南方的城市安了新家，出门不远有大片的油菜花田，再转个弯就春江水暖。

人生的轨迹如棋布阵，却又不是缜密的高手，只能走一步算一步，可也走到了个不错的田地。回望故乡的茫茫雪原和二十出头的那个自己，都不敢仔细打量，也有些不敢声张的酸涩，怕一惊扰，就又都回来了。

"你只管活着，老天自有安排。"我常拿这句话宽慰自己和他人，可生活也总有狡诈的时刻，来提醒你老天的漫不经心。但也别无他法，鸥鹭忘机，多想想命运待我不薄，然后把那些薄如蝉翼的出处，化成个茧，封在山谷间，光照不到的地方，世间也就能囫囵个朗朗。

说回这本散文集，它收录了我写作这十年来的很多作品，相比较于之前的那两本，这本会更私密，更贴近我的生活，也更自我一些。它在记录生活和自我表达之间，有了更多的摆荡，这和我当下的状态也几近趋同，谈不上完全的人文合一，但肯定是少了些掩饰。

在整理这些作品的时候，我也顺便把这十年的路程都回望了一遍，坚持写作的好处是，让过去——都有了记录，让不该忘记的得以铭记，让回溯的情绪有了着落。坏处当然也有，那就是该忘的又被提起，该舍得的又燃起惦念，让过去和现在有了实在的对比，人便在滤镜和写实的夹缝里求生存。

所以，我一次次地停下阅读，一遍遍地重复某些句子，然后沉思，掩面，红了眼眶。

人真是矛盾，我把自己的一切，巧妙地摊开来，供人观赏、评论，隐藏好的心思，怕被看出来，又怕被看不出来。人真是平庸，世俗的感情多了，困扰也就多了，还在怪自己不够足智，其实欠缺的是冷漠。人真是可笑，看透生死，却又贪生怕死，攥着少许的幸福，可怜巴巴地不敢放开，却又说着一生何求。

作为自己人生的记录者，我想大多数人都是，想要巨细无遗却又词不达意。我们终究难以释怀的，也从来不是生命的长短，而是日子的丰盛与贫瘠。

离开北京那天，大风，没有春季的黄沙，也就能称得上是清澈。我坐在南下的高铁上，看着渐次退去的风景，如人生中很多境遇一般，我们做出了诸多的努力，到头来也只是推迟了那不可回避的时刻。

我坐累了，便起身到车厢的连接处站一会儿，窗外的物体飞快地闪过，晃得人头晕，远方的田野倒是四平八稳地铺陈着，不受这时代速度的惊扰。

我猛地想起十年前的冬天，自己辞去异地的工作，准备专门从事写作，那时乘坐的还是一列绿皮火车，车厢的连接处全都是冰霜，聚在那里抽烟的人，也分不清吐出的是烟雾还是哈气。我坐在靠窗的位置，看着外面的茫茫雪原，生命的辽阔与荒芜得以并存，我只知这列车会一路前行，和我对命运的抉择一样，最终能抵达哪里并不知晓。

可我好像也并不忐忑，只抱着一颗难得的真心，去对待去适应去改变，然后遇到很多人，经历过更多的事。一条单行线有了交叉的轨道，生出四通八达的脉络，窗外的荒原渐渐有了新绿，枕边的空位也有了填补。

更重要的是，在多年后，你发现那些为他人翻越的山岭，也成了自己的风景。而与世界的仇恨，竟也一一化解，曾为人生筹谋的那些底牌，似乎也不用急着亮出来了。

这些都是最美好的事。

想起曾经听过的一首法语老歌，名字是 *And The Winner Is*，里面的歌词翻译过来是这样的：

我感谢我的妈妈抚养我成人，惩罚我

我感谢莫里哀，他从未收到过以自己命名的奖

在这个陌生的仪式上,我提名生活
我很感动,一切都顺利,我起立,我微笑
获奖者是:生命,最终获胜者是:爱
……

2021 年 5 月